外山滋比古
Shigehiko Toyama

学校では教えない
逆転の発想法

おとなの思考

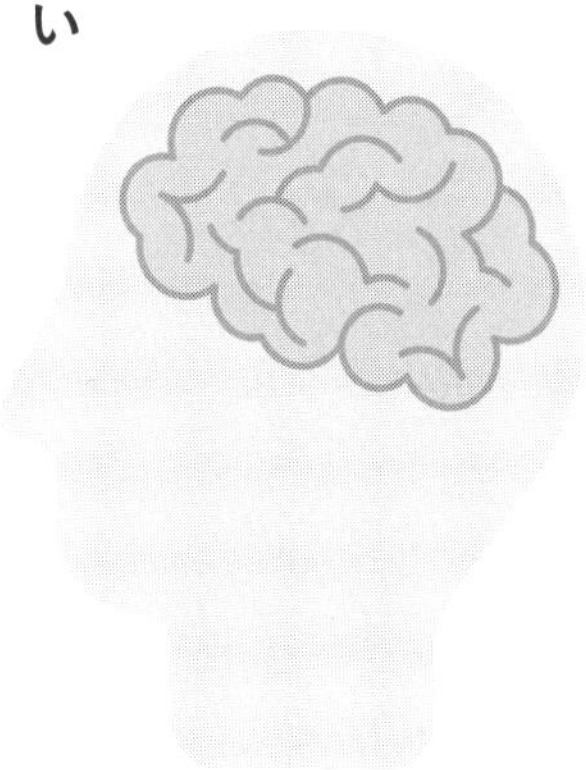

リベラル文庫

おとなの思考　目次

Part 1

おとなの思考

Part 2

知的生活再考

Part 3

ライフワークの思考

Part 4

島国考

「三十年たっても……」——あとがきにかえて　184

Part 1

おとなの思考

すてる

▼知的メタボリック症候群

人間は欲深に生まれついている。なんでもとり入れないと生きていかれないのを支える大切な本能的能力である。

何でも食べられるものはいくらでも食べるが、よくしたもので、食べものが不足しているから、食べすぎるということが少ない。

ところが、食べものが豊かになって、食べたいだけ食べると、過食になる。それにかまわず大食していると、病気になる。先年から、メタボリック症候群と呼ばれるようになったが、ぜいたくな、栄養価の高い食べものを食べていれば、だれでも、生活習慣病にやられる。

それを防ぐために、適当な運動がすすめられ、散歩が見直されたりする。余分なカロリーを消費する方法として、歩くことはもっとも身近な運動である。いくらカロリーをへらすのがよいといっても、余計なカロリーを摂取する過食をそのままにしておいては、あまり効果がない。食べ過ぎを抑制するのがまず先であろう。しかし、食欲をコントロールするのは、散歩するよりずっと難しい。

糖尿病になると、食事制限を受ける。一日、何カロリー以下にする必要がある。これがたいへんつらいことになるのは、食欲というものを抑えることが困難だからである。こどものときから、腹いっぱいに食べるのを望ましいことと思って育っている。食事制限はたいへんな努力を要する。

とにかく、病気には勝てない。食欲を抑えて、余分のカロリーを捨てることを迫られる。近年になってあらわれた考え方である。

知識についても似たことがおこりつつあるが、まだ多くの人々の注意をひくまでになっていないようである。

こどものときから、勉強とはものを覚え、知識をふやすことと思い込んでいる。学校へ通う期間が短い時代、いくら知識をふやしてもよい、多々ますます弁ず、である。覚えたことは忘れないよう心がけるのは当然である。知識がふえるのは、たのしいものである。知識は多ければ多いほどよい。みんなそう思っていたのである。

戦後、教育が普及し、昔は百人に一人か二人であった大学進学者が、二人に一人となった。決して悪いことではなく、世の中が、知的になってきたのだと言ってよい。

その半面、知識過多がおもしろくないことに気づかず、知識が多ければ多いほどよいという、かつての常識は消えない。知識欲というものも食欲といくらか似たところがあってとにかくすこしでも多くとり入れようとするのは、本能的である。

役に立つか立たないか、そんなことにかまっていられない。とにかく知識はできるだけ多くわがものにしたいという気持が強い。十何年も、やみくもに知識欲をはたらかせていると、知識過多になるが、それをさらにつづけると、知識過多症になる。私はこれに知的メタボリック症候群という名をつけた。

肉体のメタボリック症候群と同じで、異常であり、病気としてもよい。もの知り、博覧強記、博学多識などとかつて言ったのは、こういう知的メタボリックだったのである。

知的メタボリックは、自分でものごとを考える力を失うことが多い。知識が頭の正常なはたらきを妨げるらしい。「何でも知っているバカ」（内田百閒）になるおそれが少なくない。

いわゆるメタボリックは、減量や散歩などによって改善するけれども、知的メタボリックはすこしやっかいである。いったん頭に入れたものである。知識は容易には少くすることができない。

▼覚えるより難しい、忘れること

余計な知識は、すてなくてはいけないが、これは覚えるよりずっと難しい。すこしくらい心掛けても、余剰知識をカットすることはできない。

どうするか。思い切って、すてる、のである。

いちばんよいのは、忘れることだが、生まれたときから、覚えることはよいこと、忘れることは、よくないこと、と思い込まされているから、うまく忘れるなどという器用なことのできる人間は、はなはだすくない。

昔の人は、いやなことを忘れるのに、大酒をのんだ。ヤケ酒である。さめて、どうしてここにいるのか、わからなくなったりすれば、いやな思いをすてるのに成功したことになる。

ヤケ酒が有効だといっても、毎日、酔っ払っていられないから、いやなことをすてるのはやっかいである。それで、睡眠の力を借りる。目ざめたあと、頭がすっきりして気分爽快なのは、眠っている間に、多くのことを忘れ、すてているからである。

はげしく体をうごかし、汗を流すというのも、過剰なものをすてるのに有効である。スポーツは頭をよくしてくれるかもしれない。散歩はスポーツとは違って、頭の掃除をしてくれるので、ヨーロッパの哲学者が散歩をしたのであろう。

ふつうの人間が、知識以上に欲しているのがカネである。カネをためることを生きがいにしている人がきわめて多い、というのは世の中が豊かになったからである。せっせと蓄える。こどもの教育のためとか、病気になったときの治療のためとか、一応の目的をもっていることも多いが、かなり多くが、カネをためることがたのしくて、おもしろくて、蓄財にいそしむのである。ためようと思っても、たまらないのがカネであるが、使うあてもないカネがたまったというケースもすくなくない。

使い途がなくても、財産がふえるのはそれ自体、たのしいことである。いい気になっていて、カネボケになる人がふえる。

ものごとの判断がつきにくくなるのが、カネボケの特色である。いまの時代、カネボケの高齢者がきわめて多いらしい。

それを一部、明るみに出したのが、先年来の〝振込め詐欺〟である。

もっているカネを、使い途がなくて、もてあましているとき、助けて！　という電話を受ければ、やれ、カネの出番があらわれた、と思うから、とんでもない話を真に受けて大金をすてる。

いくら警察などが注意を呼びかけてもカネバカには通じない。使い途のわからないカネをためるのがよくないのである。欲に目がくらむ、というが、余分のカネは持ち主の頭のはたらきを悪くする。カネバカはどんどんふえている。それに対して警告を発するものもないから、ひとまず、天下は泰平である。

▼うまくすてる精神を

手に入れる。ためる。ふやす――というのは、半ば、本能的である。努力しなくてもそうするようになっている。もっとも目立つのはカネであるが、文化が進むにつれて、知識も価値をもつようになって、過多症をおこすが、それに対する有効な方法を知らない。そのために賢い人が愚かになり、富めるものが心貧しくなるのである。

逆の、すてる原理の発見が求められる。

カネが使い切れないほどたまった、といって喜ぶのは、かわいいが、幼稚である。カネにしばられて、人間らしい生き方ができなくなってしまう。

自分のことを自分でしていくのに必要なカネをためるのは、美徳である。使い方のわからぬ金をふやして喜ぶのは、道楽である。人間を堕落させるおそれがある。

思い切って、すてる、ことを考えなくてはいけない。

価値あるものをすてるのは不合理であるが、カネにしても知識にしても、過剰な部分はすててやらないと、人間の進歩はない。

消費はかつてはよくないことと考えられていたが、いまは奨励される。消費は世のため人のためにカネを使うことで、すてるのとは意味合いが違うが、もっているものを手放す点はすてるに通ずるところがある。

寄付というのも、すてることだと認める必要がある。日本の金持ちは寄付をしない傾向がつよい。うまくすてる精神が乏しいのかもしれない。

寄付を、喜捨の気持ちで行なえば、より純粋なすて方に結びつく。

若いうちは、わからなくてもしかたがないが、それなりの年齢に達したら、喜捨の心をいだくようになりたい。それによって、小さな人間も大きくなることができる。

知識をうまくすてるのは、カネの喜捨ほどかんたんではないが、新しい人間になることができる。知識をすてて新しいものを発明、発見することで、人間は、進化するのである。

敬遠・和の思考

▼近すぎるから問題が起きる

隣りの大邸宅に住んでいる実業家からときどき手紙が来る。「用はないが――うちの庭のバラがことしはとくにすばらしい――、とか、――うちに来たトリはいつもお宅へ行きます――」などと浮世ばなれしたことが書かれている。受取るのはアメリカからやってきた家族である。

会って話をしたことはほとんどないのにたいへん親しいように感じると、アメリカ婦人が、アメリカの新聞に書いていた。

それを読んで、うらやましい、美しいと感じたが、それにはわけがある。

ある朝、電話がかかってきて、

「隣りの○○です。今日、ここを立退きますのでお知らせします」

と言うだけだから、おどろいた。三十年近く隣り合わせで住んできた仲である。いくらなんでも、ひどい、とハラを立てる。そしてすぐ、ヤレヤレ助かった、という気持ちにもなった。

うるさい老女がひとり住まいしていたのだが、うちを敵視していたらしい。たえず苦情を言ってくる。顔は出さないで電話である。いつもいやな思いをさせられていて、相手が憎くなっていたのである。どこかへ行ってくれるとありがたい、と思って電話を切るのである。

隣がみなそういう人たちだというわけではない。数軒さきの△△とは馬が合う。ものをもらったりやったりする。□□さんも、すこし離れた隣人だが、やさしく、親切で、いろいろお世話になっている。いちばん近く垣根の向こうに住んでいる○○さんだけが、いやな隣である。

どうしてかなどと考える問題でもないが、あるとき、近すぎるからいけないのだということがわかった。隣り合わせに住んでいてもほかの家のように、淡々とそっけなくつき合っていれば、コトは起こらないのに、小さなことをいろいろ言うから好意をもつことができない。

もうすこし距離があった方がいいのだが、狭いところにならび立った家屋に住んでいてはそうもいかない。その隣人がどこかへ行ってくれる、というのは願ってもない吉報である。どこへ行くのかもきかず、相手も知らせずに、三十年のつき合いが切れて、正直、ホッとした。すこし淋しいような気もしないではないが、雲がはれたような気分になったのは、恥ずかしいことであると反省したのも事実である。

▼日本は「和」を知る先進国

国と国との間でも、似たようなことがあるのではなかろうか。国境の向こうにある国と友好親善の関係をもつことは、なかなか困難。国境をめぐっていざこざがおこると、容易には解決しない。へたをすると戦火を誘発しかねない。

ところが、遠く離れた国とは、仲良くつき合うことができる。衝突するほど接近していないからである。隣国とうまくつき合っていくのが、最高の外交であるが、最近接していて生ずるマサツ熱を巧みに処理するディプロマシイはまだ生まれていない。つまり、国境紛争は当分、なくならない、ということである。

明治の新日本は鎖国を目の敵にした。国を開けば、日本はりっぱな国になると信じて、外国のまねをした。そして日清戦争、日露戦争と十年ごとに隣国と事をかまえ、破滅の道を進み、米英を敵として戦うという愚挙をあえてした。

外国とのつき合い方を知らなかったのだが、近きものはいけない、遠いものがよい、ということには気付いたらしく、脱亜入欧をスローガンにした。そのためアジア近隣諸国のうらみを買ったことに日本人は無関心であった。中国とはうまくいかないが、イギリスなら親しくなれる。国も、個人と同じように、隣はうとましく、遠いものに心を惹かれる、というところがある。外交はそれを心得ていないといけないが、ヨーロッパの真似で始まった日本の外交にその知恵がないのは是非もないといってよい。

日本は聖徳太子の昔から、和ヲモッテ貴シトナスことを知っていた先進国である。和は相互に心理的距離を置くことによって保たれることをいち早く発見したのは誇ってもよいことである。

個人の間でも、和を保つには、互いに接近しすぎるのがよくない。接近しているもの同士がマサツや衝突を避けるには、互いの距離を大きくするのが必要だが、へたに疎外したりすれば、争いを招きやすい。平和のうちに、近すぎる相手を適当に遠ざけるのはどうすればよいか。なまじっかの政治家や学者の答えられる問題ではない。日本人は千年以上も昔、その答を見つけていた。

▼「尊敬しているから敬語を使う」ではない

相手を遠ざければいい、立てる、つまり優遇するのである。

ことばなら、わり合い簡単に、敬して遠ざけることができる。目の前にいる人を「貴方」と呼ぶのは、敬遠の思考によって支えられている。相手にも直接に呼びかけないで、間接的に言及するのも、同じ心理に根をもっている。「〇〇様」というのがすでに敬遠の心理を内包しているが、さらに、「机下」、とか、「御侍史」などとすれば、距離はいっそう大きくなり、丁寧な語法となる。

戦後、外国の慣習によって、日本の文化を攻撃、破壊することが流行したが、中でもひどい目に遭ったのが敬語で、単純な頭の人たちが、敬語は封建思想の象徴であると曲解して、敬語廃止が進歩的であるようなことを言いふらし、それに惑わされる人が多くて、敬語は半死、半壊の憂き目に遭った。

敬語を嫌った人たちは、闘争を好み、和を大切にしない思想にかぶれていたのであって、ことばの深みにひそんでいる心を汲みとることができなかったのである。

「私は、尊敬できない人に敬語を使いたくありません」

日本の大学院生が、そんな発言をするのをいかにも清新なように感じた学者や批評家がいたのは、おくれた社会を反映している。

相手を尊敬しているから敬語があるのではない。相手とまずい関係にならないため、へだたりをこしらえるために、遠ざけるのである。それを和の心をもってするには、相手を立てる必要がある。相手を立てるには、自分を低めるのも必要だから、謙譲語が敬語の一部になるのである。相手を尊敬しているか、どうかは問題ではない。相手と争ったりすることをさけ、平和な人間関係をつくるには、敬遠の思考が不可欠である。そのことを何百年も前に発見したのはすばらしい。

敬語を相手に対することばだと考えるのも、正しくない。自分をトラブルから守るためのことば遣いであるという視点も必要である。ちょっとしたことば、敬語によって、ケンカになるところが、無事におさまることは実際におこり得ることである。

▼うるわしい「敬遠の心」

われわれは、親しくなりたいと思っている人がすくなくないが、不用意に接近すれば、おもしろくないことがおこる。それを避けるには、「敬遠の心」を失わないことである。〝親しき仲にも礼儀あり〟というが、敬語はもっとも大事な〝礼〟である。日本人の〝和〟はこの〝礼〟によって保たれている。

見ず知らずの人間と、手をにぎり合ったり、わけもなく抱きついたりするのは、礼を心得た人間からすると、正気の沙汰とは思えない。

〝三尺下がって師の影をふまず〟というのをうるわしいと考える。親は学校の先生より身近にいるから、ありがたみが少い。先生の言うことはきいても、親の言うことはきけないこどもが多かったが、戦後、教師が誤解して、「こどもとともに学ぶ」などと言い出して、先生のありがたみが急減した。敬遠の心が失われると、世の中はつまらぬ混乱につつまれるようになる。

「悪」も悪くない

▼病気になると、より健康になる

ある人は生来、弱かったのであろう。小さいときから、たえず、病気をして親を心配させた。

風邪など一冬に何度ひくかわかない。いくら注意しても、またひく。本人は消極的になったそうである。若いころ、喘息になって、死ぬほどの苦しさを何度も味わうが、死ぬことはなく、何十年もかかって、だんだん、喘息を手なずけて、あまり発作をおこさなくなった。それでも、年に一度くらいは、かなりひどい風邪をひく。肺炎になって入院したりするが、たいていは割に早く治って出てくる。

そういうことを繰り返していて、気がついたら九十歳を越えていた。健康を売りもののようにしていた学校のときの友だちの方が先にどんどん亡くなってしまったのに、この人は悠々と生きている。

ことしの正月に疲れがたまって肺炎になった。入院して二週間。知人の中には、年も年だからと、安否、つまり死亡を予期した向きもあったらしい。ところがどっこい、二週間で退院。普通の生活に戻ったが、前より元気になったと、まわりが言う。ふしぎがるまわりに、本人は、「当たり前だ、病気のあとには、前よりいっそう元気になるものだ」、とうそぶいている。

この人の言うところによると、人間には、回復力というものがある。それがない人はすぐ死んでしまうが、たいていの人、すべての人が、回復力をもっている。うっかりそれを見すごす人もあるが、回復力は喪失より強いのが通常である。

かりに病気で、80だった体力を40にへらしたとする。回復力は、それを80に戻すというのではない。85、ときには90くらいまで改善する力をもっている。回復力をうまく使えば、病前より健康になることも決して夢ではない。軽い風邪などでも、治癒するときには、前より良い状態になることもないわけではない。70の状態で風邪をひき、50に下がっても、なおるときは回復力で75になることもないではない。75になるには回復力は80以上でなくてはならないのかもしれない。

つまり、風邪をひいて強くなることが可能である。風邪をひかないといって得意になっている人はそういう回復力がはたらかないから、回復力も弱まる。

いざとなっても発動しないで、大事にいたるというようなことにもなる。

風邪をうまくひけば、言いかえると、回復力を上手に利用すれば、体はつよくなることも可能である——そうこの人は考える。

病気ばかりしていた人が、一度もお医者の世話にならなかった人より長生きする例はゴロゴロしている。回復力によって健康になるのである。

かつて、青森の朝市で、りんごを買った。キズと書いたのを安く売っている。

「これが甘いんだよね」と言うと、売り子のおばあさんが、「東京の人らしいが、キズのあるリンゴがうまいのを知っているのはえらい」とほめた。

キズが出来れば、リンゴは、それをかばって力を出す。きれいなリンゴのしない努力をするのであろう。もと通りになろうとしていて、普通以上のうま味をもつようになる。怪我の功名、とはすこし違うが、回復力は、人間にだけでなく、生きるものが共通してもつ自然力なのであろう。

▼受験に失敗して人間力がつく

昔の人が、〝火事の焼け太り〟ということを言った。

火事で丸焼け、無一物になった家が、何年かすると、焼ける前の家より立派な家になっているのを言ったものである。すべてを焼失した人は、必死になって復旧を行う。たいへんな力を出す。それによって、火事の前に、80であったものが、80に戻るだけでなく、85、90になるのである。焼け太り、というわけだ。

さきの世界戦争で、日本とドイツは敗戦国になり、国土を焼け野原にされた。もと通りにしなくては、と、両国は別に申し合わせたわけではないが、復興に力をつくした。夢中になって努力をした結果、三十年すると、両国とも戦前以上の繁栄に達することができた。ヨーロッパでは戦勝国が、敗戦国におくれをとるということがおこった。やはり回復力のおかげである。繁栄するには戦争に敗けないといけないのか？　となる。

個にとって、人生でいちばん多く味わう大きな不幸、不遇は、入学試験の失敗であろう。だいたい、競争試験は合格者より不合格者の方が多いものだから、落ちるのが多数なはず。しかし、落ちれば、ひとりくよくよすることはない、などと言ってはいられない。失敗の悲哀を一身に受けとめて苦しむ。そして、こんどこそはという気持ちをもって再起に立ち上がる。つぎは、成功することが多いが、幸運によるのではなくて、失敗して、こんどこそはという意気込みで、気力が上がっているからである。点数にあらわれる学力だけでなく、人間力が高まっているのである。

試験という試験、受ければみな合格というような秀才は、回復力をはたらかすことがないだけ、つまり、苦労が少いだけ、人間的成長において落第組に及ばないことがすくなくない。浪人の苦労を味わった人は、しっかりした人間になることが、秀才より多い。

天皇の心臓手術をして有名になった天野篤教授は、大学入試に三度失敗したという。大学を出てもポストに恵まれず苦労が多かったそうだ。しかし、そのおかげで、〝神の手〟といわれるほどの腕をもつことができるようになったのである。常識的なエリートコースを進んでいたら、名医になれたかどうかわからない。すくなくとも、入試に失敗したことがマイナスのままでなく、大きなプラスをもたらしたことは認めてよかろう。

▼悪条件が復元力を育てる

こういう風に考えると、不幸、災難、病気、失敗などがプラスにはたらくことが多いということがわかる。苦労というものが、人間を大きくすることも、おぼろげながらわかってくる。弱者は悲観することはない。強者になる力、エネルギーを人間はみなもっているのである。努力をしないでただ、不幸、不運をなげいているのはたいへんな意気地なしということになる。苦しみ、不幸、貧困などは決して歓迎できるものではないが、それによって人間は飛躍的に向上できることを考えれば、あらゆる悪はわれわれを向上させる力をもっていることがわかる。

半面、幸福、健康、成功などに恵まれた人は、よほど用心しても没落の危険をまぬかれることができない。なにひとつ不自由のないような育ち方をするのはたいへん危い。二代目や三代目が、大きく成功することが少ないのも、自分を高める努力をする機会がないからである。食うや食わずの生活をしていれば、努力は自然、当然であるが、何ひとつ不自由がないという境遇にあって、必死の努力ができたら、人間ではないと言っても差支えない。貧しきものは幸、であっても、富めるもの幸なり、とならないのは人間のおもしろいところである。人間として、苦難の中にあって努力するのは自然であるが、いい気持ちのぬるま湯につかっていて、さあガンバラなくてはなどと考えるのは異常である。

親はこどもがかわいい。すこしでも苦労をすくなくしてやりたいと考える。それで、こどもは何不自由なく育つかもしれないが、力を蓄え、苦しさを乗り越えて進むという自助力を失ってしまい、不幸に陥るということが定跡のようになってしまう。

幼いときに親、ことに母親を亡くすことは最大の不幸のひとつであるが、親を失った子はたいていしっかりした人間になる。復元力のせいだろうか。

良いことだけでは良くなれない。悪いことがあって、それを越えようとして夢中になっているときに人間力は発揮される。悪によって善へ招かれるというのは、人生における皮肉のひとつだが、それを知る人はだんだんすくなくなってきているようである。人間が弱くなっているのかもしれない。もし、そうであるとすれば、不幸は幸福を呼びよせるということを知らないで成人する教育のせいであろう。

知識をふやして、仕事をして、ほどほどの成功をおさめればいい、というような考えからは、大きなものをとらえる人間力を身につけるのは思いも及ばない。善のためには悪が必要である――そんなことを教えてくれるところはない。

戦国の武将山中鹿之介は、めぐまれた環境にあってその危険を察知し、

われに七難八苦を与え給え

と祈願したという。いまの人間でも、二難三苦くらいには恵まれるだろう。飛躍のチャンスは充分である。

独創――まねない

▼雑誌の「座談会」記事は菊池寛の発明

かつての知人、T氏はすばらしい語学の才能をもっていた。大学でドイツ語を教えていたが、中年になって、イタリア語を独習、またたくまに上達、しばらくして、ギリシャ語を始め、あっというまにマスターした。

それをためすか、誇示するためにか、イタリアはローマ、ギリシャはアテネで公開講演をして、日本文化を論じた。

ローマで講演したあと、聴衆から、「なぜ衣服を盗んだのか」という質問が出た。講師は、絶句、というより、なんのことかわからずに往生した。きいてみると、日本人なのになぜ和服を着ないで洋服を着ているのか、という批判だったらしい。T氏は次には紋付袴で講演をして評判になった。

日本人は洋服を着るのを何とも思っていない。外国のまねで着ているなどと考える人はない。ましてや盗んだなどと言われては心外である。たいていの人がそう思っているが、模倣であることは事実である。そしてそれを模倣と思わないのは、鈍感である。模倣を悪いことだと考えない常識で目がくらんでいるのである。

雑誌などに座談会記事がのる。これは外国の模倣ではなく、日本で生まれた発明で、菊池寛の『文藝春秋』の手柄である。それまで、世界のどこにも、座談会が活字になることはなかった。模倣天国の日本ではそんなことを認める向きもなく、さっそく、あちこちで文藝春秋をまねた座談会記事が出るようになった。菊池寛が、せっかくの独創がまたたくまに横取りされてしまった、とこぼした、というのはあまり知られていない。

▼「学ぶ」は「まねる」に由来するが……

学校は知識を教える。もちろんその知識は学校のこしらえたものではなく、ほかから借りてきたものである。学習者はもちろん、教師も、その知識が借りものである、ということを考えることがない。知識を獲得するのは借りものをつくること、モノまねであるというようなことを考えていては、授業はできない。

学ぶ、というのは元来、まねる、ということである。それを永く続ければ、すべては借りもので、知識というものがほかの人たちの作ったものであることを忘れる。

学校教育はモノまね競争をしているようなものである。うまくまねたものが優等生となり、昔は褒美を貰うことができた。

いちばんうまくまねるのは、俳優である。いろいろな人間になったように振る舞い、それで再現できたように自他ともに思っている。没個性的な美女、善男でないとうまく他人になりすますことができない。俳優やタレントは社会の賞賛を受けるようになる。ちょっとした役者は、亡くなれば、大臣などよりははるかに大きくマスコミで扱われる。小学生などが、将来なりたいものに俳優、タレントを挙げるのは正直である。

模倣をありがたがっていると、独創が犯すべからざる法によって守られていることにさえ気づかなくなる。気づいていても、勝手にとってきてわがものにするという文化盗用がいけないことであることがわからなくなる。

個人がどれくらい盗用しているか、あまりに多すぎてわからない。しかし、それを見ている人はいるのである。アメリカでは以前から、「日本人はコピー・キャット」、といわれているらしいが、日本へは伝わってこないから知らない人がほとんどである。

大企業が同じように無断借用すれば、盗用として、特許侵害で告発されるのである。戦後、名だたる大企業で、外国から特許侵害で多額の賠償を払わされたケースがいくつもあったのは、経済大国として大きな恥辱であるが、国民があまり騒がないのは、模倣病がまんえんしている証拠である。

文系の学者で完全にオリジナリティを主張できる論文を書いていると主張できる人はごくごく限られていると想像される。日本語のカベにはばまれ、外国人には、盗用が見えにくい。それをいいことにして、模倣、借用論文を発表している。英訳して国際的批判に耐える実績がどれくらいあるか、はなはだ疑わしい。

▼学校では〝考える〟ことを教えない

もともと日本人は知識をありがたがる。その知識は、借りものであるが、そんなことを考えるのはおもしろくないから、自分の知識のように思う。知識は豊富であった方が便利であるから、せっせと本を読んで博識になる。その間に、自らの思考、独創が弱まっていることがわからなくなってしまう。博覧強記が学者の資格のようになる。知識をふやせば、えらくなったように考えるのは、幼稚である、という反省はほとんどみられない。

「学問的背景のあるバカほど始末の悪いものはない」（菊池寛）というようなことになる。それが派生して、〝専門バカ〟が大手を振ってまかり通る。情報化社会は、知的メタボリック症候群を患う人を多くした、といってもよい。

知ることも難しいが、自ら考えるのは、はるかに困難である。だいいち、考えることを教えてくれるところがない。小学校から大学まで一貫して、知識習得を目ざしていて、新しい知識を生みだす思考の重要性はほとんど完全に棚上げされてしまっている。

これでは、モノを作り、カネをもうけることはできても、新しい未来を拓く文化は育たない。

学校で、考えることを考えることは、当分の間、不可能である。各人がめいめい自己責任で考える力を育むほかはない。独創がすべてよい、などということはない。よくない考え、誤った考えが生まれる恐れが充分にあるけれども、ひとの知識をわがもの顔で振りまわしているより、試行錯誤をかさねて進むほうがはるかにすぐれている。

モノまねがしたくなかったら、余計なことは知らないに限る。覚えた知識も、どんどん忘れ、すてる。あとに残ったものは、自分の知識であると言ってよい。むやみと情報、知識を集めて喜ぶのは古いのである。どんな小さなことでもいい。自分の生活の中にひそんでいる未知のものを見つけ出して、それをもとに自分の〝知見〟を創出する——これが、〝知的〟である。

それには、日々を誠実に生きる必要がある。本を読んで教えられるのは、借用であることをはっきりさせないといけない。本の中より生活の中に新しいことがひそんでいる。それを引き出すのが、〝考える〟ことである。過度の教育を受けると、その独創性を失うかもしれない、という反省をひとりひとりがすることが、文化の進展につながると考える人がもっとふえないと健全な知的社会であると言うことはできない。

▼知るより考える——これがおとなの思考の基本

知識はもちろん有意義であるが、それを活かす知力がなければ、ゴミのようなものがすくなくない。知識を生活より高く評価するのは未熟社会の思考である。

人間にとっていちばん大切なものは生活であり、その生活を借りものの知識で包むのを高級であるとするのは、啓蒙期の思考である。

生活をぼんやり生きていくのではなく、考えながら生きていく。そういう人間によって社会は変化、前進していくように思われる。

知るより、考える——これが、おとなの思考の基本である。

独創とか思考、というと、ひとりで考えるに限ると受けとられがちであるが、生活を加味した思考、創造には、仲間のあったほうが便利である。

若い研究者などが読書会をつくる。ひとりでは読みにくいような本を、みんなで読むとよくわかる、というので、昔から、さかんに行われている。

もちろん読書会、結構であるが、生活の要素が希薄であることがすくなくない。だいたい同じ専門の人が集まる。それが問題である。

専門のちがう数人の人が定期的に談話会をすると、思いもかけない新しい考えが生まれる。少なくともキッカケを手に入れることができる。はじめにのべた座談会なども、そういう点からもおもしろい。

専門が同じだと、どうしても、話がこまかくなる。小さなこともおもしろいが、創造性が欠けることが多い。

お互いにシロウトというようなグループで談論風発していると、人間の限界を超えるような発想、着想のヒントが得られる可能性が高まる。歴史的にも実証する例がいくつもある。要するに〝おしゃべり会〟である。できれば、軽い食事を共にする。それによっておもしろさ、楽しさが高まるのは当然だが、創造的雰囲気が高まるのである。生活の要素が強化されるからであろう。

〝純〟と〝雑〟

▼人文系が自然科学の方法論をとった不幸

若い人の書く論文を見ていると、二つのタイプがあることがわかる。ひとつは勉強家の論文、もうひとつは、興味本位の読書をしている人の書いたものである。

実際、勉強家は優等生であるから、成績もよい。教師は、そういう学生の論文によい評価を与えるが、それは、自らが、そういうタイプだからである。いろいろなことに興味があって、小さな専門、小さなテーマの中でおとなしくしていられない学生は、不勉強と見られて、評価も低い。優等生が、研究者になるのが自然である。専門家である。

他方の雑学的な興味をもっている人は、小さなところへ頭をつっこむことを好まないで、あちこち知的放浪を重ねる。うまくすると、おもしろい発見をする。しかし、それを短期間に論文の形にまとめることができないから、エッセイのような論文をこしらえることになる。

専門志向の教師がそういうディレッタントの論文を認めないのは当然で、学者、研究者になる途は封ぜられてしまう。

純粋な勉強は、小さな分野の小さな問題をとらえて、これまでの研究などを調べる。当面の問題にかかわり合いのすくないものは、不要であるとして捨ててしまう。だんだん狭くなり、小さなことに集中するようになるが、それを専門的であるとして評価される。よけいなことが一切排除されているのを純粋であると誤解して、対象を矯小化する。そういう研究は、おもしろくない。新しいものを生む力をもっていない。

他方、雑学的興味で書かれたものは、いかにもまとまりがわるく、興味の赴くところどこへ行くのかわからない。論文でなくなるのは当たり前だが、意外なおもしろさはある。

自然科学では純粋真理が求められる。不純なものの存在は認められない。深く知るには対象を分析、つまり、細分化し、純粋なものを追求する。途中で、夾雑物が混入したりすれば、それは失敗であり、誤りである。分析を進めていくと、極小のものが残る。専門家の多くは、その極小の真理を目ざす。

人文系の学問が、専門研究の先輩である自然科学の方法論を真似ようとしたのは不幸である。ことばを介在させる分野において、分析、細分化、純粋へ至る方法が有効にはたらく保証は、はじめからなかったはずである。それを見落としたのは思考の未熟である。

▼分析はいわば破壊である

ことばは物質とは違い、きわめて複雑であって、分析などはじめから拒否する。雑然たるところに、ことばのいのちがある。ことばを通して得られるものは、生活的真理であり、雑種真理である。

近代の文科系諸学が、自然科学に比べてきわめて不振であるのは、文科系の人が、生活という基盤を忘れて、純粋真理へ到達しようとしたことが一因であると思われる。

分析という方法が有効であることは、科学において実証済みである。だからといって複雑な人間文化においても、有効、妥当であるとは言えない。

分析はいわば破壊である。ものを創り出すには、ほとんどまったく役に立たない。こどもは、おもちゃを分解、こわすことはできるが、もとのものへ復元することはできない。分析が純粋真理のための有効な方法であることは、くり返しになるが、疑う余地はない。しかし、それによって元のものが破壊されるのだということは、もっとはっきり認識されなくてはならない。

分析に対して、統合の原理がなくてはならない。そして、統合は、分析ほど簡単ではないということもしっかり認めないといけない。分析は純粋を追究する方法であるが、統合は、雑種、新種を生み出すのに必要な方法である。両者を混同すれば、混乱がおこる。分析では、人間の生活という複雑なものに近づくことはできない。専門的知識は見かけ倒し、案外つまらないものが多い。実際には、しかし、そうは考えない。専門の方が多くのものを学ぶ、より高級だと思っている。

いまの大学は、四年制で、前期二年の教養課程と後期二年の専門課程に分かれている。前期二年を教える教師は、専門課程担当の教師より低い地位にある。

若い教師は、泣く泣く教養課程の教師になり、何とか、専門の教師になりたいと願っている。

学生も、同じように専門をありがたがり、一般教養は高校の延長のように考えて、怠ける。だんだん、教養課程の影がうすくなり、前期のうちから専門を教える大学がふえて、教養課程が崩れかけている。

専門で学力をつけるには、しっかりした教養課程を経ているのが必要である、という考えは、戦後七十年、ついに一度もあらわれなかった。これでは、大学教育が時代おくれになるわけだ。一般教養をバカにしていては、世界的競争においても力を発揮する人材を育てることはできない。純粋・専門をわけもなくありがたがるのは、十九世紀的である。雑学的価値を認めるのは、専門にこり固まったところでは、困難である。

▼専門的真理のほかに雑学真理というものがある

アメリカで、専門の壁をとりこわして、間口をひろげれば新しい進歩が可能であるというので、二つの専門を合体させる学際研究（インターディシプリティ）研究を考えたのは、さすがである。こういうことができるところにアメリカの強さの秘密がある。心理学と言語学の枠を外して心理言語学・言語心理学、社会学と心理学を合わせた社会心理学はすでに新しい専門になっていると言ってよい。

一つではいけないことははっきりしているからといって、二つを統合すればいいのかとなると疑問である。いくつもの専門を混合させて新しい雑学を考えるのは決して誤っていない。ただ、実際に、いまは具体的に、そういう諸専門の融合をするようなことをする場がない。

やはり、アメリカで始まった、シンク・タンクも、そういう雑学的研究を目ざしているようにも見受けられるが、実現には多大の費用と人材が求められるため、社会的に、それを支える勢力が欠けている。これまで見るべき成果をあげていない。

私がこの雑学的研究に気づくようになったのは比較的に最近のことで、ずっと、専門研究を中心に細々と勉強してきた。ところが、若いころ、勉強の方向を見失っていたとき、他の専門の同輩と雑談会をこしらえた。もちろんすぐにはこれといった結果は出なかったが、勉強がおもしろくなった。小さな専門の外に大きな知の世界があることをうすうす感じるようになって、人真似でないことが考えられるようになった。専門をすてる勇気はなかったが、雑学的研究がほとんど未開のまま広がっていることを見つけたように思う。そして、十八世紀イギリスのルーナー・ソサエティ（Lunar Society）の史実を知って目を開かれた。

チャールズ・ダーウィンの祖父エラズマス・ダーウィンを中心とするこの会は、月に一度、満月の夜に集まって談論するので、ルーナー（月光）を名乗った。十名足らずのメンバーがすべて専門を異にした。その談論の中から、産業政策をすすめる発見、発明がいくつもあらわれたのである。

二十世紀になって、アメリカのハーヴァード大学で、それに似た学際懇話会をこしらえて、世界的学者が輩出した。

違った専門の人が親しく話し合っていると、おのずと雑学的真理の発見につながることは、この二例にとどまらないだろうと思われるが、専門主義に圧倒されて黙しているのである。

私も雑学的思考にあこがれて、雑多な興味をもった人と談話会をこしらえた。ひとつでは少なすぎる、という主義だから、二つも三つもこしらえてみた。これまでのところ成果を挙げるに至っていないが、新しいことを考える力はいくらかついたように思っている。

専門的真理のほかに雑種真理ともいうべきものがあると考えるようになったのも雑学談話会のおかげである。

ことばとこころ

▼ことばで病気になったり元気になったりする

ほとんどすべての人が高校へ進学し、三人にひとりが大学へ行くようになり、教育の普及には目を見はらせるものがある。それにつれて世の中も大きく変わってきた。中でも大きな変化は、ことばに対する関心が高くなったことと、ものごとをそれ自体ではなく、ことばで理解、判断する傾向であろう。

日本人は昔からことばにたいへん敏感であった。だからこそ、ほかの国には見られないようなこまかい敬語も発達したのだが、このごろまた、ことばを気にする人がふえてきたようだ。ことばの上の争いが多くなってきた。

学校の勉強は、実物を見ないで、ことばで説明したことを理解するものである。経験しないことを経験したように学習するのだから、ことばに敏感でないと、学校についていかれない。逆に言うと、学校に長くいた人ほどことばを気にするということである。

その結果、ことばヅラさえよければ、実際はあまり問題にしないという人がふえている。外見さえりっぱなら、それでいい。実質は問わない。

毎年、春、入学試験の前になると、中学生などの自殺が新聞に出る。その自殺の理由をきかされて首をかしげたくなる。

本当に試験を受けて落ちたから、というのなら、わからぬでもないのだが、そうでない自殺者がいるのである。試験を受けない。受ければ落ちるのではないか。いや、落ちるに違いない。落ちたらどうしよう、そういう取り越し苦労をした揚げ句に死をえらぶのだから、わからない。

別に体に悪いところがないのに、友だちから、「顔色が悪いね、病気があるんじゃない？」などと言われると、急に、そんな気がしてくるというのが人情だ。別の友人から同じように「疲れているんじゃないか」と言われると、本当の病人のように思い込む。お医者へ行って、どこも悪くないと言われても信じようとしない人もいる始末だ。

逆の例もある。体が悪いと思い込んでお医者へ行く。診てくれた医者が「どこも悪いところはありません。薬もいりません」と太鼓判をおしてくれると、とたんに元気が出てきて、帰り道は飛ぶように足どりも軽い。

昔から、やまいは気からと言う。ことに、ことばに敏感になっているいまの世の中。ことばから病気になったり、薬ではない、気のもちようで元どおりになおったりすることが多い。

　不治の病気を患者に告知したほうがいいのか、言わないほうがいいのかは、告知が正しいとなっているが、それは医師側の言い分。患者はごく意志のつよい人は別として、たいていは、おそろしい病名を告げられると、それだけで生きられないように気おちしてしまう。病勢も悪化するだろう。たとえ気休めとわかっていても、「大丈夫、治ります」と言われた方が患者は幸福である。

　ことばの暗示にかかったり、ことばを気にしてくよくよするというのは、人間にだけあることであろう。古くからそういうことはあったが、教育程度の高い人はとくにそれがいちじるしいようだ。人を傷つけると言う。実際の危害を加えなくても、ことばひとつで相手に当分立ち上がれないくらいの打撃を与えることができる。わざわざ手荒なことをするには及ばない。ときには、ことばだけで本当に死に追いやられてしまう人間だっている。

ある人間をダメにしようと思ったら、やんわり、繰り返して、「あなたはダメになる」というようなことを言っていればいい。本当にダメになってしまうことがある。ご亭主にそういうことを口ぐせのように言っている奥さんもすくなくないが、結果は奥さんの予言のとおりになってくれる。

それとは逆にこういうことがある。学校の一クラス四十名をAB二つに分けて、同じ試験をする。Aの二十人には答案をそのまま返す。Bの二十人には答案を見せないで、ひとりひとり先生が呼び出して、こんどの試験、きみはたいへんよくできたと、でたらめを言う。それを何度もくりかえす。するとどうであろう、Bグループはそのうちグループよりも本当にいい成績をとるようになるのである。ウソから出たマコトというが、ことばの力はこんなにもつよいものである。使いようによっては目に見えないおそろしい凶器にもなるし、うまく使えば、魔法の杖のようなはたらきもする。

▼かつての井戸端会議の効用

ことばを気にするような人は、多かれ少なかれ、さみしがり屋である。農村で農業をしている人たちは今でも、一日中ほとんど口をきかない。ひとりで仕事をしていれば話し相手もいない。ひとりでも別にさみしいと感じないのは、自然との心の交流があるからだろうか。ところが、都会で生活している人たち、ことに頭を使う仕事をしている人たちは、ほかの人とことばをかわさないでいると、ひどくさびしくなる。

朝、同じ会社の人と顔を合わせたとき、いつも気持ちよく挨拶するのに、その日は様子がおかしいとする。二、三日して、別の人がまた何となく妙な挨拶のしかたをしたとしよう。こういうことが繰り返されると、この人は一種のノイローゼになり、世の中がおもしろくなくなってしまう。

これはことばによるふれ合いが正常でないためにおこることである。それでこちらの心に傷ができる。

ことばによるふれ合いは人間に欠かせないものだ。赤ん坊を育てているときにも十分気をつけないといけない。それが不足したり、トゲをふくんだふれ合いをしていると、大きくなってから神経質だったり、攻撃的になったりする。社会によく適合する性格に育てるには母親が赤ん坊にやさしく話しかけてやることが必要である。

大人になっても、ことばによるふれ合いがなくては困る。別にこれと言った用はなくても、気のおけない人とおしゃべりをするというのは、精神衛生の上からもたいへんいいことだ。デパートの売り子がお客をそっちのけにしておしゃべりに夢中になっているのも、サラリーマンが、いっぱいやりながら上役の棚下ろしをしているのも、みなことばの交換をたのしんでいるのである。心の平和に役立っている。

かつての井戸端会議は、主婦にとってまたとないトランキライザーの役割を果たしていたと思われる。いまはそういう場がすくなくなっている。

▼忘れることは頭をよくすること

このごろ軽いノイローゼ気味人間がふえている。なぜか。いろいろなことを頭に入れすぎるからだ。学校の生徒が詰め込み教育で苦しんでいるだけではない。大人もかつてに比べて情報が多すぎる。

どんどんものが入ってきたら、他方でどんどん整理しないといけない。つまり「忘れる」必要がある。ところが、多くの人間は忘れ方を知らない。覚えることは知っているが、忘れることは考えない。それで、頭の中がフン詰まりみたいになるというわけだ。

人間は忘れるようにできている。一晩寝ると、よけいなものは忘れて、朝は頭がさっぱり、スッキリしている。ふつうだと、夜の睡眠だけでさっぱり忘れられるのだが、とくに頭を使う人、こまかいことが気になるたちの人は、夜寝るだけでは忘れ方が足りない。ゴミがたまったように頭が重くなる。

そこで自然の忘却だけに頼らず、努力して忘れることが必要になってくる。酒を飲んで忘れるのはヤケ酒で、これも忘れる一法だ。好きなゴルフですべてを忘れる手もある。汗を流すのが忘れるのにきわめて有効である。体を動かさなくなった人間にノイローゼが多いのは偶然でない。

気分をよくするためばかりではなく、頭をよくするにも忘れることが必要だ。頭をさっぱりしておかないと知識欲もわかない。おなかがいっぱいだとおいしいものでも食べたくないのと同じである。

▼人からほめてもらうことは心の薬

胃かいようになりやすいのは、思ったことを口にしない内向性の人に多いということだ。男に多いのだそうである。思ったことを言わないのよりも、もっと健康に悪いのは、泣きたいときにぐっとこらえていることらしい。女の人はよく泣くが、これが健康によい。長生きするわけだ。男は泣くにも泣けない、などといって健康を害することが多い。

泣くと同じように、笑うことも大事である。

昔から日本の男はめったなことでは歯を見せるなといわれた。さむらいにはさぞ胃かいようが多かっただろうと思われる。結婚披露宴のスピーチなども、ほとんど笑いのない話である。あれでは食べたものの消化もよくない。お互いにもっと笑う工夫をしなくてはならないと思う。

アメリカに、「なに、日本人のスピーチがある？　それはたいへんだ。胃の薬をもっていかなくては…」というジョークがある。日本人に笑いがないのは、国際的に有名なわけである。

歌をうたうのも発散には適している。風呂に入って鼻歌をうたうのなど最高。女性は泣いたり笑ったりはお得意だが、ものを破壊する発散の方法は封じられている。それで鬱積しがちだ。そういう人には皿を割ったり、ヤカンを飛ばしたりする華々しい夫婦ゲンカが案外精神衛生上の良薬になるものである。

夫婦ゲンカができなければ、テレビの暴力番組を見たり、ボクシングを見たりすれば良い。

『徒然草』に「もの言わぬは腹ふくるるわざなり」とある。胸にあることをしまっておくのはたいへん体によくないことを昔の人も知っていたらしい。それをいかにうまく発散するかが知恵である。

ところで、わたしたちにとって本当の幸福とは、いったい何か。もちろんお金も必要だ。住むところもいる。おいしい食べものもほしい。しかし、それだけでは生きがいと幸福は生まれない。

心の薬がなくてはいけないのである。何かというと、人からほめてもらうことだ。人をほめること、これがいまの世の中でいちばん欠けている。悪いところだけを問題にしいい気になっている。ほめるというのは教育の基本でもある。叱ってばかりいては決して伸びない。ほめてやるとヒョウタンからコマが出るみたいに、ほんとうによくできるようになるのは、さきに紹介した学校のテストの例のとおりである。

山本五十六元帥のことばとして伝えられる、

ヤッテミセテ

イッテキカセテ
ヤラセテミテ
ホメテヤラネバヒトハウゴカジ

は、名言である。ほめてやらなくては人間、やる気をおこすものではない。

人間関係でもまずいことになるのは、何でもないちょっとした陰口であることが多い。逆に陰でひとのことをほめると、やがてそれが相手に伝わり、その人がこんどはもとの人をほめる。こうしてほめことばのキャッチボールが始まると、そのうちお互いに好きになってくる。どこにもいやな人間はいるものだが、そういう人に対してもほめる心を失わないでいれば、いやな人間でなくなることもある。

▼ことばは不老長寿、美容の妙薬

ことばによって、長生きをし、若々しくなる方法をご紹介したい。

赤ちゃんが生まれて三十カ月もすると、すっかり人間らしくなるが、それはことばを習うからだ。ことばこそ心を育てる栄養である。

ところが大人になると、もうあまりことばを覚える努力をしなくても生きていかれる。ことばの刺激がすくなくなるのだが、それとともに心の老化が始まる。ことに、家庭に入った女性にはことばの刺激が限られがちだから、昔の人はヌカ味噌くさくなるのである。

年をとるか、とらないかは、心の緊張があるかないかによる。同じ年齢の人でも、はりつめた生活をしている人はいつまでも若々しい。

そういう生活の条件が欠けているとき、若さを保つにはどうしたらいいか。

いちばん簡単なのは、新しいことばを毎日すこしずつ覚えることだろう。英語でもフランス語でも、あるいは朝鮮語でも中国語でも結構。急がずにすこしずつ勉強する。子供に比べてはるかに覚えが悪いが、それだけ心が老化している証拠だ。一生懸命に勉強していると、だんだん「童心」が戻ってくる。それでなくてはことばは覚えられない。童心が若さをもたらす。

心が若くなれば、それはやがてかならず、外にもあらわれて、見るからに、若々しくなるだろう。その上、知的な美しさもただよわせる。心のお化粧である。洗っておちない。汗をかいても崩れることがない。ことばは不老長寿、美容の妙薬というわけである。さらに、気がついてみたら頭もいくらかよく働くようになっているはずである。

Part 2

知的生活再考

知的生活

▼生活から遊離した学術書や翻訳のことば

だれが言い出したか知らないが、これからはアイデアの世の中だという考えが広まっている。ある朝、目をさましたら、すばらしい着想が頭に浮かんでいる。そういうことを願う人がふえているらしい。最近は〝知的ブーム〟だそうだが、もし、そういうのを指すのだとしたらすこし気味が悪い。

アイデアの尊重とか、知的ブームとは、もともとサラリーマンの発想に根をもっている。一発で勝負、何かうまい手はないか、と考える。自分で考えるより、こっそり教えてもらった方が手っ取り早い。どこかに書いてあるのではないかというので、本を読む。それを知的生活のように錯覚しているとしたら、すこしおかしい。

かりにおもしろい知識をどっさり頭に詰め込んでも、成り金のお金と同じで、ながくは身につくまい。

二口目には〝考える〟〝考える〟と言うくせに、だいいち、何を手段として考えるのかも考えたことがないのだからのん気である。

ことばにきまっているではないかと言う人がいる。きまってはいないが、それはまあいい。では、そのことばがどういうものかについて考えたことがあるのか。多くの場合、ノーであろう。

明治以降に生まれた多くの日本語には汗のにおいがしない。人間味が不足しているこど、プラスチック製の人形のようである。その冷たいところを鋭いと勘違いしている向きもないとはいえない。

ことに、学術書や翻訳などの文章に使われていることばに生活からの遊離がいちじるしい。しかも、それを何か高尚であるかのように思い込んできた。翻訳文化の社会では是非もないのであろうか。

つまり、ことばの足が生活という大地についていないのである。そんなことばを使っていながら、ちょっと頭をひねるとおもしろいアイデアが飛び出してくるように考える人があれば、楽天的でありすぎるように思われる。

▼根本のところは〝体で考える〟

最近、ものの考え方についてのエッセーを書いたら、読んでくれたM氏がおもしろいことを言ってよこした。

「自身のささやかな体験から〝血のめぐり〟が大切ではないかと思っています」という。たとえばピンポンをする、マラソンのまねをする、シャワーを浴びる――そのあと体が落ちついてくると〝血のめぐり〟がよくなるのが実感できる。そんなとき、フトいいアイデアが浮かんだり、日ごろスッキリしなかった問題の解決策が浮かんだりする、と書いてある。

M氏は企画で生きる有名企業の最高首脳だから実感がこもっている。私はその手紙を読んでうなった。

〝血のめぐりの悪い〟人間がいる。そういう〝血のめぐり〟は比喩である。われわれは比喩を死んだまま使って平気でいるのに、Mさんは文字通りの〝血のめぐり〟をよくすることを考える。

〝血のめぐり〟をよくしないで、いい考えの浮かぶわけがない。頭も体の一部。頭の血のめぐりをよくするには、体全体の血行をよくしなくてはならないのは当たり前であろう。そんなことすらわからなくなるほど、いまは心身分離がいちじるしいのか。

ことばで考えるのは技術的である。根本のところは〝体で考える〟のでなくてはならない。体を動かさずに頭だけ働かすことができるというのは迷信であろう。

それではスポーツ選手はみんな哲学者になれるのか、と言う気の早い人がいるかもしれないが、そんなことではない。マラソンだけが体を動かす方法でもないだろう。雑談のおしゃべりなども口という体を使っている。気のおけない友人と時の移るのを忘れて浮世ばなれした話に興じるのは、おそらく人生最大の愉《たのし》みのひとつだが、それが頭の血のめぐりをよくしてくれる。そういう清遊のあと、思いがけず仕事がはかどるということは少なくない。

散歩がいいのは言わなくてもわかっている。逆に、夜ふかしは血のめぐりを悪くする。深夜机に向かっていないと仕事をした気にならないというのは、よほど血のめぐりのいい人のゼイタクである。凡人は近づかぬことだ。

横のものを縦にすることさえ億劫がるような人間が、ダイナミック（動的）な思考などと言う。空虚な言葉の乱舞。

▼汗を流して体で考える

われわれは、本当に生きることをやめて、ただことばの上で生活、生活と騒いでいるのかもしれない。頭が体の一部であることも忘れてしまって、〝知的ブーム〟が生まれる。それとまるでかかわりのない別なところで〝スポーツ・ブーム〟がわいている。

わざと血のめぐりを悪くするようなことをしておいて、どうも頭が悪い、もないだろう。

「健全な精神は健全な身体に宿る」は、もと、願望型の「宿れかし」であったという。昔から心身が分離していた証拠である。後世、いまのように曲解されたのだが、これを文字通り真に受けて、心身の調和による新しい生き方を考えたらどうか。

日常生活の改造なくして知的生活はあり得ない。一日一日の生きかたにすべての根源がある。

汗を流して、体で考える。観念としての知的生活には反省が必要である。

▼知的一点豪華主義は通用しにくい

現代人の生活はいかにも雑然としている。勤め先の仕事も複雑多岐にわたっていることが多くなった（簡単な仕事なら人間でなく機械にやらせる時代だ）。それだけではなく、余暇の使い方にも苦労がある。時間があったらスポーツをやりたい、見もしたい。趣味もひとつやふたつなくては淋しい。それに人とのつき合いがなかなか苦労だ。家庭にも結構あれこれ問題がおこる。

こういう部分、部分がバラバラになってまとまりがない。雑然としているから〝多忙〟という印象になる。こんなに忙しくては頭が変になってしまうと悲鳴をあげる。ひどくなると本当に自律神経に失調をきたす。現代はきわめて多くの人が無自覚ながらバランスの失調におかされている。自律神経失調的社会である。

体の各部がケンカしたという昔の話がある。口、手、足、胃などがめいめいに勝手なことをし出してたいへんな混乱になってしまった、というのだ。五体は一見、バラバラなことをしているようで決してそうではない。ちゃんと全体としての調和のとれた有機的な連動作用をしている。

体をバカにし、頭の知能だけをありがたがっているうちに、複雑な部分の統合ということを忘れてしまう。それで自律神経失調的徴候に悩まなくてはならない。体のもっているメカニズムに学ぶべきである。

われわれには一点豪華主義への傾斜がある。ろくにゆとりもない生活をしている学生などがカメラだけは飛び切り高級品をもつ。無趣味な男が万年筆にこって名品をそろえる。何という目的があるのではない。ただ、そのゼイタクを楽しむ。貧しくて平均した豊かさとは無縁だから、ひとつだけに限って思い切った豪華さを求める。いかにもいじましい。

生き方にも似たことが見られる。一芸に秀でる、といえばきこえはいいが、仕事しかできない困った人がいくらでもいる。かつての大学紛争で生まれた〝専門バカ〟ということばなども生活における一点豪華主義を批判するものであったと考えられる。

よけいなことは知らない方がえらい。ものをきかれたら、専門が違うから知らないと答えると大物、あるいは、純粋だと評価される。戦争のあったことも知らずに研究室にいたという明治の学者は、末ながく美談の主になる。

▼人生とは自分という雑誌を編集しつづけること

世の中がのんびりしていた時代にはそれでよかった。競争のはげしい開放社会では知的一点豪華主義は通用しにくくなっている。万年筆には滅法くわしいが、文章を書くのはどうも苦手で、などというのは愛嬌にもならない。

雑多なことが、それぞれ何とかうまくこなされなくては都合がわるい。仕事も趣味も生活もバラバラではなくてうまく調和する必要がある。

それにはまず知と体との手を握らせることである。知育と体育が結びつかないのがインテリなら、一日も早くインテリは廃業したい。

これまでは人生を本のようなものだと考えていたのではあるまいか。よくまとまって筋が通っている。単元的なシンプル・ライフである。それに対して現代生活は雑誌のように人生を余儀なくさせる。多元的だ。

本でまとまりの悪いのは困るが、雑誌に編集者（エディター）がなかったら、目も当てられない。エディターはそれほど重要な役割をもっているのに、わが国ではついこの間まで、それを見落としていた。

ここでエディター論をするわけにはいかないが、われわれはめいめいの生活に対してエディターでなくてはならない。雑然とした断片を生活にまとめあげるのには無自覚のエディターが必要である。

その編集がうまいか、まずいか、で毎日の〝生活という雑誌〟のおもしろさは大きく違ってくる。うまくても、まずくても、われわれは毎日、自分という雑誌を編みつづけてついに人生の集積に達する。

近年注目されている〝遊びの文化〟はいわばこの人生の雑誌の埋め草である。

気のきいた埋め草は誌面を引き立てるが、本文を忘れてはことだ。本文と埋め草の兼ね合いを考えるのがエディターの勘である。

部分的経験をしていく自分のほかに、もうひとりの自分を育てる。生活の全体を見わたして、部分を調節して行く第二の自我である。

▼最高の知的生活とは——人生を芸術にする

たとえを変えるならば、多くの現代人の生活はオーケストラの交響楽に似ている。それぞれは雑然とした音を出すパートである。指揮者がそれをハーモニーにまとめあげる。

不調和なものを調和させるからこそ、そこに独特な美しさが生まれる。雑然とした現代を頭から悪いときめてしまうのは不当である。いまのところ、まだ、ソロの独奏しか知らない人間が多いから、指揮者のいないオーケストラのようにならないために工夫が求められる。

よく、落ちついてじっくり勉強したい、ということばを耳にする。ソロの世界にあこがれ、現実を逃避しようとしているのであろう。雑然とした多様の中においても、エディター、あるいは、コンダクターがしっかりしていれば、すばらしいハーモニーの創造は可能である。

人生を芸術にする──これぞ最高の知的生活である。

分析・統合・創造

▼人間すべてエディターなり

雑誌の編集者は立案企画して原稿を依頼し、集まった原稿を適当に配列して一冊の雑誌をつくる。いわば、無から有を生ずる仕事である。考えようによっては、他人のふんどしで相撲をとっているようなところもある。編集者自身は一字も原稿を書かないでも雑誌ができる。

しかし、また考えようによっては、いかに執筆者がいても、すぐれた編集者がいなければ、おもしろい雑誌はできない。ちょうど、すぐれた演奏者の集団があっても、りっぱな指揮者がいなければ、よい交響楽が生まれないようなものである。編集者はみずから原稿を書かない。その限りでは、直接に創造的ではないと言えよう。しかし、書き上げられた原稿を統合して、すぐれたアンサンブル、全体を生み出す点ではすぐれて創造的である。

つまり、編集者は、第一次の創造には参加していないが、第一次的創造で生まれたものを素材とした創造、第二次的創造、メタ創造において大いに腕をふるうのである。そして、第二次的創造は、社会が複雑になるにつれて、ますますその重要性を大きくするように思われる。

すでに存在するものを材料にして新しいものをつくり上げるこの第二次的創造は、何も編集者だけの専売ではない。さきにあげた指揮者もそうであるし、映画の監督もまた編集者的である。与えられているものを取捨選択して新しい全体にまとめる作業をしていることから言えば、編集者、指揮者、映画監督のような、いわば、統合の専門家だけのことではない。

注意してみると、われわれは毎日毎日、無数の経験のなかから自分の関心に合致したものだけを選び出して「一日」をつくり上げているが、これも無自覚ながら編集の作業である。決して、一日のあるがままが「一日」になるのではない。無自覚の編集者がつくり出す日々の雑誌の集積がわれわれの人生というわけだ。人間すべてエディターなり。

そういう考え方を学習指導論、とくに知識整理の指導理論と結びつけると、どうなるだろうか。

学習を編集（エディターシップ）の観点からながめてみるのは、新しい考え方である。詰め込み教育が批判され、創造性の教育がやかましく言われているけれども、実のある具体的議論は淋しい。それを思うと、〝エディターシップ的学習指導論〟も試みる価値はありそうである。

▼「わかる」は「わける」「わかつ」こと

子供にオモチャを与えると、しばらく、それで遊んでいるが、やがて、こわし始める。大人は、せっかくのオモチャをこわしてもったいないと言うが、子供にとって、遊ぶのに劣らず、こわすことが大きな意義をもっている。もっとも、子供はその意義を自覚してオモチャをこわしているのではない。ただ本能的にこわさずにはいられないだけだ。

こわせば、バラバラの部分になってしまう。その分解のプロセスが子供にとって、きわめて鋭い喜びを与えるのであろう。オモチャをこわすおもしろさの味をしめた子供は、つぎつぎにこわす。

それが無自覚ながらオモチャを理解しようという気持ちに結びついているこ

とがすくなくない。「わかる」は「わける」「わかつ」ことによって、複雑な全体をときほぐして理解することをことばの上でもあらわしている。大きな単位では、情報が多すぎて、混乱する。わかりにくい。小さな部分に分解すると、わかりやすくなる。ものごとの理解に分析という方法が欠かせないわけである。

人間はあまり多くのことを一時に理解することができない。十九世紀のスコットランドの哲学者にウイリアム・ハミルトン卿という人がいた。この人が、オハジキを床の上にばらまいて、あまりたくさんでは同時に見ることはできない、わかるのはせいぜい七つまでであるということをのべた。

▼ジェーボンズの「マジカル・ナンバー」

ハミルトンが果たして、これを裏付けるような実験的研究をしたかどうか、いまでは疑わしいとされているが、それを真に受けた人間の中に、やはり十九世紀末のイギリス人、ウイリアム・スタンレー・ジェーボンズという学者がいて、この人は、実験でハミルトン説をたしかめ、その正当性を明らかにした。その結果、人間の同時認識の限界は七つまで、個人差を上下二とすれば、七プラスマイナス二であるという説を出し、この七のことをマジカル・ナンバーと呼んだ。

まとまったものは、もちろん、七以上の情報を内蔵しているが、それを一度でわかることは難しい。だから、これを分析、分解して、マジカル・ナンバー以内の情報に小分けにしてわかろうとする。これが学習である。学習が、部分的、断片的な知識を主とすることはやむを得ないことである。小学校や中学校の生徒児童では、七のマジカル・ナンバーだって怪しい。三か五くらいのことしかわからないかもしれない。すこしずつ、すこしずつでないと理解できない。

学校教育では、一時に与える新しい知識の量が果たして適当かどうかについて、これまであまり関心が示されなかったのではあるまいか。英語の教科書などでも、新しい単語が一行の中にいくつも目白押しに出てくるような教材が載っている。大人の教師には平気でも、はじめて英語を習う生徒には、それを見ると混乱して、学習の意欲を失ってしまうであろう。

近頃、ようやく、内容の精選ということが問題になり出したのは、おそまきながら結構なことである。しかし、その提示の仕方が当を得ないと、あまり効果があがらない。すこしずつに分けて、着実に新しいことを覚えさせて行く。こういう知識はバラバラになって学習させることは前述した通りである。それしか方法がない。体系立った知識をそっくりそのまま教授するなどということは、学習の段階ではできるものではない。

小出しに与えられた断片的知識を、小刻みに習得する。学習の方法はどうしても分析的にならざるを得ない。問題は、学習者の頭の中でいつまでもそのままにバラバラな知識としてとどまりがちなことであろう。理解するには分析して小さくし、すこしずつ新しいものを与えるほかはない。

しかし、いったん習得した知識はバラバラなものではなくて、まとまりのあるものにしたい。この二つの立場を調和させるにはどうしたらよいのか。それに成功したとき、「知識は力なり」（ベーコン）ということのできる知識になる。いまの学校教育は残念ながらそうはなっていないで、切れ切れの知識をいたずらに集積している〝もの知り〟でしかない人間を育てることが多い。

バラバラになって頭へ入ってくる知識を、まとまりのあるより大きなものに統合するにはどうしたらよいか。こういうまとめを重ねて行って、ついには体系にまとめ上げるには、どういう方法をとったらよいのか。

理屈はともかく、子供は、ある程度、無自覚に部分の統合ということを行っている。Aのことを思い出すと自然にBをも思い出すというような連想の法則によるものもある。あるいはAがA'、A''、A'''など同類のものとひとまとめになって記憶されていることもある。

これらのまとめは個人の偶然によることが多いから、人によってかなり違った統合をしている。ここで、学習における〝編集〟理論の可能性が登場する。学習する知識のひとつひとつが〝編集〟を受けるべき素材である。言いかえると、雑誌の原稿に相当する。

雑誌の編集と違うのは、雑誌なら必要なだけの原稿を注文して書いてもらうのだから、たいていの場合、集まった原稿は全部使う。ところが、学習における〝編集〟は学習者の要求にもとづいて提供された素材、知識だけが教授されるのではない。むしろ、欲していない原稿がどんどん集まってきて、混乱している編集部のようなのが子供の頭の中である。ひとつひとつの知識相互の関係などもはっきりしていない。要約や整理をするにも、何を基準にしたらよいのかわからない。

そこで、丸暗記が行われる。へたに精択、整理をしようものなら、大事なことを捨ててしまうおそれがある。わけはわからなくても、とにかく全部覚えておけば安全だという考えである。これがいちばん手がかからなくて簡単だということもある。

しかし、おもしろいことに、全部丸暗記したつもりでいても、しばらくすると、自然に、多くのことを忘れて行く。覚えているのはほんの一部でしかない。残っているのが、無意識の編集によって選ばれた部分で、それがその子供のつくった知的〝雑誌〟である。

知識は編集（エディターシップ）によってのみ、われわれの頭に定着するらしい。たとえ編集を放棄した丸暗記の学習においても、なお、自然のうちに、知らず知らずの編集が加わっているのである。

▼オトギバナシは有力なモデル形成の役割を果たしている

そういう偶然、自然の編集に委ねておかないで、はっきりした統合を考えたらどうなるか。これからの知識論は当然ここに着眼しなくてはならない。まとまりをつくるのには、母型がなくては不都合である。その母体になるのが理解のモデルである。

モデルとは、たとえて言えば、洋装店に立っているマネキン人形のようなもの。それにあれこれ衣裳を着せる。服があっても着せるマネキンがなければ、洋服らしく見えない。人間の頭に入っているモデルは、マネキンのようにきまり切った型をしているのではない。理解力のすぐれた子供は、モデルがたくさん用意された頭をもっていることになる。モデルがいくつも出来ていると、新しく入ってきた知識は、適当にどれかのモデルを選んで、それに合わせて、これまでの既知の知識と関係づけられて理解される。モデルがないと、空中分解して消えてしまう。

幼い子供でも、かならず何がしかのモデルに相当するものはできているはずである。モデルがなければ、ものはわからない。記憶していられないからである。だれでも三歳くらいまでの記憶がまったく欠けているのは、その年齢まではモデルができていないから、ザルに水を注ぐようなもので、頭に残らないのである。モデルができるにつれて、経験したことが記憶されるようになる。過去のことを記憶しているというのは、モデルが存在する証拠だ。

このモデルはどうして身につけるのか。学校は断片的知識の供給に忙しくて、モデルづくりにまではなかなか手がまわらない。おもしろいのはオトギバナシは有力なモデル形成の役割を果たしていることで、オトギバナシをくりかえしくりかえし聞いている子供は、知らず知らずのうちに、物語性のモデルをいくつか仕込むことになる。

ほかのことはさっぱりわからないが、ゴシップや通俗小説ならおもしろく読むという大人が世の中に多いのは、ごく小さいときに、オトギバナシでストーリーのモデルだけはしっかり身につけたおかげである。現代のマスコミなども、この幼児期のモデルのおかげで生きていることになる。

▼モデルは理解作用の母型となる

もちろん、人間の知的活動には、物語のモデルだけでは充分ではない。ところが、オトギバナシ程度にていねいに教えられる原型がほかになく、あまり有効にはたらくモデルがすくない。たとえば、算数、数学は、論理とか合理のモデルを提供してくれる重要な学科であるが、学科が知識化、技能化していて、モデル作成ということはあまり考えない。したがって、人間関係のストーリーには興味を示すのに、事象の関係を考える抽象はおもしろくない、難しいものときめてしまうことが多い。

各教科は、知識を教えると同時に、その教科でなくては与えることのできないモデルを子供の心に植えつけるのだ、ということをしっかり考えるべきであろう。それらのモデルは、当該学科の知識整理にとって、きわめて重要であるばかりでなく、一般的な理解作用の母型ともなるもので、教育の究極の目標もそこにあるとしてよいだろう。

モデルがあるからといって、それですぐ知識の統合ができるわけでもない。モデルに合わせて、新入の知識は適当に取捨選択、変形、加工などを受ける。つまり、モデルによる編集がなされる。したがって、同じことを学習しても、モデルが違えば、理解もかならず違ってくるし、さらに、編集は当然、めいめいで違うから、その結果はさらに大きな異同を見せるだろう。理解はきわめて個性的になる。

モデルと編集統合の個人差に着目すれば、十人の理解が十色に違っていて、独創的であることが納得できる。与えられたものをそのまま呑み込んでいるのではなくて、第二次的創造を加える。しかし、実際にはこの範囲の個性が創造的であると自覚されることはまれである。

▼「アダ名」「比喩」「類推」

新しく入ってきた知識が、それまでの既成のモデルのどれにもぴったりしないというところで、創造への第一歩である想像力の発動が見られる。

モデルを母型として新しい情報を処理しようとするが、どうもうまくいかない。ただ、モデルに着物をきせるような風に理解が行われない、というとき、かりに、ほかのモデルを借りてきて、すこしのズレがあることは承知のうえで、しいて、両者を結びつけようとすると、創造が生まれる。こういう創造のもっとも卑近な例は、アダ名の命名である。より高度な形では比喩とか類推とかになる。

考えてみると、いかなる新しい知識も既存のモデルにぴったりということはあり得ない。多少ともズレがある。そうだとすれば、モデルによる理解はいずれも大なり小なり比喩の操作によるほかないことがわかる。知識をつくり出すのが第一次的創造だとするなら、知識を独自のパターンに合わせて同化するのは第二次的創造ということになる。

第二次的創造の典型として編集（エディターシップ）が考えられるから、学習理論も編集理論と重なり合う部分がかなり多いはずである。このように考えるならば、創造性の教育ということも、それほど困難ではないことが了解されるだろう。われわれはだれでもすこし修業すれば編集者になれる。その気になれば、だれだって創造的学習もできないはずはない。

忘れる

▼忘れることの意義

ただすることがないから、というのではヒマであるとは言えない。目のまわるような忙しい生活の中で、何かのはずみに見出されるしばしの間の仕事からの解放、それがヒマである。そういうヒマの価値は仕事の価値に比べて一般に承認されるのが普通おくれる。仕事だけしていると、仕事そのものの能率も下がって来るのは古くから気づかれている。

しかし、仕事からの解放を意味する「遊ぶ」ことはあまりよくないこととされてきた。それをレクリエイションとかレジャーというように呼びかえて、その効用を認めるようになったのは、ポジティヴな仕事の価値に対してネガティヴな価値が発見されたことを物語る。

文化や社会の成熟が高まらないと、ネガティヴな世界を認める余裕が生まれてこないのか。

ある人の頭が良いというとき、それは大体、ものを覚える記憶力のよい人のことを意味していることが多い。したがって、ものを忘れやすいのは頭の悪い証拠である、ということになる。われわれはいつも覚えたことは忘れまいと努めている。忘却を恐れながら生活していると言ってもよい。事物や知識を記憶することの価値はだれしも疑わないのに、ものごとを忘れることの意義はほとんど問題にならない。

精神生活の歴史においては、まだ、素朴なポジティヴィズムの時代にあるのであろうか。すくなくとも、学校教育はそれを脱していないように思われる。ものごとを教える、覚えさせる、のにはあらゆる努力が払われるのに、忘れることの価値は考えられることすらない。むしろ、忘れたといっては、ひどい目に遭わされるのだから、学校が忘却恐怖症の発祥地であると言ってよかろう。

ものごとをよく記憶していることが頭のよさになる、という考え方の裏には経験主義がひそんでいる。なるべく多くの過去の情報を蓄積していることが、生きて行くのにそれだけ大きな力を与える、それには頭に入れたした知識は手放さないようにしなくてはならない。とにかくもの覚えがよくなくてはならない、という考え方である。

ところが、文化にはこの経験主義ではどうにもならない分野のあることが認識されるにつれて、記憶の権威もすこしずつゆらいで来る。

伝統とか蓄積が成長の原動力とならずに、しばしば、停滞をまねくことに気づくと、忘却の必要が認められるようになる。

▼忘れるとは索引の失われること

忘れるとは一体何だろう。

一度学習した情報を、意志の力では回想したり再生したりできなくなる状態をさすとしてよい。情報というのは形式と内容に分かれるが、忘れるのは、情報の伝えられることばであることが多い。形式を忘れてしまっていても、内容であるものごとそのものは何らかの状態で頭に残っていることがある。この場合、それを引き出して来る手段であることば、名前が忘失されてしまっているために、情報内容そのものも忘れられたものと扱われることになりやすい。

忘れるのは主としてことばの問題である。

本当に理解されていることがらでも、それを表現することばが失われていれば、それは忘れられたことになる。はっきりしたことは覚えていないが、こんな感じだった、というようなとき、ありのままをはっきり覚えていて再現できる場合よりも、ときにはかえって深い理解であることもある。

われわれがものを覚えるのは、ものの名前、ものをあらわすことばを覚えることである。記憶はものごとをことばを手がかりにして頭の中へ引き入れる。したがって、もしことばがものごとと直結していないと、ことばだけどんなに覚えてみても、ものごとの理解には一向に役立たないことがあるはずである。

しかし、多くの場合、ことばは大なり小なりものごとと結びつけられているから、ことばを覚えることがものごとを代償経験することになり、したがって、ものごとの理解につながるのである。

ここで、忘却というのは、まずことばについて起ることに再び注意をもどしたい。ことばがものごとと不離一体であるならば、ことばを忘れることはものごとそのものを忘れることになろうが、ことばとそれを表わすものごとは分離可能な関係にある。したがってことばは忘れても内容は忘れていないことがありうる。

ただ、その内容をとらえて動かす手段であることばが忘れられていると、思い出そうとしても出てこない。結果としては、内容も忘れられたと同じようなことになるが、しかし、これは忘れられたのとは区別して考えなくてはならない。

人間の頭は一見、雑然といろいろの知識、経験をとり込んだ大きな書物のようなところがある。ことばという索引がないと、本文の中から求めるものをさがし出して来ることができない。忘れるとはこの索引の失われることである。しかし、せっかくの本文も、索引がなくては利用できず、宝のもちぐされのようになる。記憶が尊重されるのは当然と言ってよい。

▼ことばではなくものごとに直接ふれること

逆にこういうことも考えられる。記憶がよくて、すべてのことを覚えていて、インデックスの完備した本のような頭をもった人は、どうしても索引によってしか内容にふれられないきらいがある。もし、索引が消失してしまえば、直接本文に接するほかはなくなる。経験や知識のナマの姿にふれることが真の経験理解に資するのならば、索引によっているより、索引を失った方がかえってよいということになる。

こう考えてくると、ことばは知識や経験をわれわれの頭の中へ運びこむのには不可欠の道具であるが、いったん頭に入ってしまったら、もうそのことばはご用済みである。忘れても差し支えない。

もちろん、インデックスとして残しておけば他日参照、すなわち、思い出す手がかりになって便利ではある。しかし、それが、われわれと本文との関係を間接的なものにするのだったら、かえってない方がよい。忘れた方がよいのである。

忘れてしまえば、ことばという掩蔽《えんぺい》にさまたげられないで、ものごとに直接にふれることができるかもしれない。これこそ本当に生きることである。ことばの眼鏡を通じて見える世界を現実と混同する知識人の錯覚は、教育を受けた人たちが、あまりにもつよく記憶能力に依存した認識を行っていることに起因するであろう。

▼もっとも深い自我を形成するもの

ことばの忘却が忘却のすべてでないのはもちろんである。内容そのものの忘却もありうる。むしろ、この忘却の方が根本的である。

忘れると言っても100パーセント忘れてしまうのではない。いわば精神の風土の中でおこる風化作用のようなものとも言えるが、もっと化学的な変化であると考えた方がよいかもしれない。記憶しているものも完全にもとのままが記憶されているのではない。覚えているつもりの小説の筋がいつのまにか変形していることもよくある。ここでも化学的変質の作用が無意識のうちにはたらいていることを想像させる。

ものを覚えるときの手続きは、まず、ことばによって機械的に頭に入れる。それで「頭に入った」ことになるが、まだ、不安定な状態である。ただし、思い出そうとすれば、再生は比較的に容易である。

頭に入ると共に変化がはじまり、重要な部分とそうでない部分とに区分けされるらしい。もちろん重要でないとされた部分から忘却がはじまる。ことばが忘れられて想起できなくなるのもこの段階である。しかし、まったく何の痕跡ものこさないほどに忘れることはきわめて難しい。

学習されるものは外来のものである。覚えただけのものはまだ借り物と言ってよい。それが頭の中で消化、同化作用を受けてはじめて精神の糧として骨肉化される。忘却はこの消化と同化の作用にとって、なくてはならない消化液である。

この忘却過程を経たものが深層の精神の中へ沈降して行く。それは暗く音もないドロドロした生命の源泉として横たわる。もちろん、意志や思考によって、これを客観化することや意識化することはできない。

どんな記憶力のよい人でもこの超言語の深層心理のことを告げることはできない。それは夢の形によって不随意的にあらわれるにとどまる。われわれが「忘れてしまった」と思っているものが案外もっとも深い自我を形成しているかもしれないのである。

生まれてから幼児期までのことはたいてい覚えていないが、三つ子の魂百までといわれる個性がその間に養われる。記憶とか、忘れるとかは要するに精神の表層世界の問題であることに気づくであろう。それに固執することは深い世界の発達のさまたげにならぬとも限らない。

▼忘却はかくれた表現行為、創造活動

知覚は、無意識的に、あるいは意志的に、おびただしい外界の刺激を受けている。受けとられた刺激がインプレッションである。逆に知覚作用、その他行動を通じて外界にはたらきかける広義の表現活動エクスプレッションがある。

しかし、入って来るインプレッションの方が出て行くエクスプレッションよりも圧倒的に多い。この両者のバランスをとる役割を果たすのが忘却である。

かくれた表現行為であり創造活動であるということにもなる。

忘却は消化・同化作用であるとのべたが、インプレッションは忘却によって解体、変容、変質させられる。そこに人間精神がたくまずして行っている創造を認めて差し支えないであろう。一般に創造というものは忘却と意外に近い関係にある。

インプレッションが入って来るだけでは精神はたちまち自家中毒を起してしまう。新陳代謝が活発になるには摂取におとらず消化、排泄が重要になる。忘れるのは排泄作用であるといってよい。

学校では摂取あって排泄なきがごとき教育が行われやすいために、せっかくの知識そのものが活動の源泉にならず、かえって、精神を毒することすらすくなくない。優等生といわれるような頭の持ち主が概して創造的でないことも思い合わされる。

ものを覚えることは学校で教えるが、いかにしてうまくものを忘れるかという教育は行われない。ものを覚えるのも苦労だが、忘れるのはもっと難しいとも言える。努力ではどうにもならないことがあるからである。

しかし、よくしたもので、自然はわれわれに強力な忘却促進剤を与えてくれている。一日一回これを服用することによって、自家中毒の危険はまず免れられるのである。促進剤とは睡眠である。もし、眠れなくなったら、精神はたちまち異常を呈する。

摂取するインプレッションが多すぎたり、あるいは頭の中をきれいにしたいときは、目のさめているときでも忘却を促進するための活動が必要になる。レクリエイションである。肩のこらない本を読むのも頭の中のものを忘れるレクリエイション効果がある。テレビしかり。散歩もものを忘れ、さっぱりした気分になるのに役立つ。新しいものを考え出すのに散歩がよいといわれるのは偶然ではない。

しかし、概して、われわれはものをうまく忘れることが下手である。刺激のつよすぎる生活において、これを処理しきれないで精神的不調を訴える人が急増している昨今、忘れる術を研究することは焦眉の問題でなければならない。教育においても詰め込み主義を形式的に批判するにとどまらないで、忘却による調和という積極的な考え方に転換すべきである。

▼忘我、無我夢中、が真に感ずること、真に知ること

去るものは日々に疎し、ということばがある。月日のたつにつれて、いなくなった人のことは次第に忘れて行くということである。時がたつにつれて忘れるのは、空間・時間のどちらにも、ものの姿を変え、消して行くはたらきがあるからである。これをかりに黒板ふき（エレイザー）効果と呼ぶならば、一般

に空間にはエレイザー効果があるということになる。

しかし、ものごとが本当に理解されるのは、このエレイザー効果をもった空間を経過してからである。そうでない知識の習得（典型的なのは一夜漬の試験勉強であろう）、はすぐ忘れてしまう。忘れにくくするには、時間をかけて、忘れをくりかえしながら、覚えることである。そうすると、覚えたものは身につき深層化する。

言いかえると、生活の中へエレイザー効果のある時間、空間をなるべくたくさんもちこむことが、理解を促進することになる。そして、有効なエレイザー空間は忘れることによって、つぎつぎ準備されるのである。

ものごとをよく覚えている人はこれまでの経験によって未来を予想することもできるけれども、その半面、過去にこだわり、それにとらわれることにもなりやすい。過去だけでなくて既得の知識にとらわれるのである。感情生活においても保守的持続性の長所と短所が考えられる。安定してはいるかもしれないが「ねちねち」したところをすてきれない。

それに対して、忘れっぽい人間には安定感が乏しいかわりに、流水のごとき自然さと、ものに悪く執着しないよさがある。たいていのことはさっさと忘れてしまう。明日は明日の風が吹く。そこには解脱に似たものが認められる。

われわれの国の文化は元来、そういう無常観を特色としているように思われる。すくなくとも、禅などのねらっている解脱や悟道は、ことばの理をはなれ、ものの実相にふれること、ことに執しないことを理想としているように見受けられる。

活発に忘れるならば、心はつねに新しいものを迎えるゆとりをもつことができる。同じところにしばられたり固定したりしていないために自由であり、豹変もできる。一つのことに集中したら、いや、一つのことに集中できるには、ほかのことはなるべく干渉しないように一時的に忘れていなくてはならない。それが忘我、無我夢中である。

そういう状態でのみ、われわれは真に深い自我の発動をおこすことができる。小さな知識を後生大事に抱えていては、新しく大きなものが現われても、それを摂取することが難しい。頭はいつも文字を拭き消してある黒板、何も書かれていないタブララサ（白い板）の状態であることがのぞましいことになる。それが結局、真に感ずること、真に知ること、真に生きることになるであろう。

文化は生活と経験の持続、蓄積を前提としている。学問も文化の伝承の機能をもつ限り、知識の保持、記憶はその重要な役割をもつといわなくてはならない。しかし、こういう文化や学問のあり方がやがては自らを衰亡させて行くことは、歴史が示しているとおりである。そういう文化の自壊に対して自然によって用意されている安全弁が忘却である。創造の源泉もまたそこに発している。

われわれは忘却恐怖の呪縛から逃れることを心がけなくてはならない。

Part 3

ライフワークの思考

ライフワークの花

▼〝切り花から根本へ〟の発想の切り換えを

これまで、日本人はヨーロッパの土に咲いた文明の〝花〟をひとつひとつ切り取ってきて、みずからを飾ることをよいことだと思い、それによって社会も進歩すると考えてきた。大学教育なども切り花専門の花屋で、ギリシャ以来の名花をそろえ、これを知らなければ恥だと、言わんばかりであった。

これでは、いかにして花を咲かすかを考えるゆとりは、なかった。しかし、花屋へ通ったおかげで、花が美しいということは知っている。そういう教育が普及した結果、サラリーマンにも切り花を買った人が増加したが、半面、根がないものという錯覚を生んでしまった。

むしろ、花屋を知らなかった昔の人のほうが球根を求め、育てることができた。いまは切り花の知識でめいめい人生のスタートを始める。そのために、根がなければ花は咲かないという認識を欠いている。

最近、勤めをもつ人のあいだで知的な関心が高まり、自由時間を利用して精神的なものを求めようという志向が強くなったのは、大きな進歩といってよいだろう。しかし、見わたしたところでは、その関心の半分以上は、咲いた花のほうに向けられていて、新しい流行の切り花を追うことに時間と努力が費やされている。

これにも、それなりの装飾効果はあるにせよ、ひとしきりの花の命を楽しむだけで、散ってしまえばあとは何も残らない。といって、突然、切り花はだめだと禁止的になることも不可能だろう。さまざまの花の中からみずからの好むものを選び、その次に、どうしたらそれを自分の力で咲かせることができるかを考えるようにしたい。そこで、まず、〝切り花から根本へ〟という発想の切り換えを提唱したい。

花といえば、世阿弥は『風姿花伝』の中でつぎのような意味のことを言っている。

三十五歳になって、芸というものに目覚めなければ、いくら修行してもモノにはならない。しかし、そこで目が開かれれば、自分の父（観阿弥）がそうであったように、老年になっても花が咲き、しかも散ることがない。

自由な時間をいかに過ごそうかと考えている人々にとって、これは傾聴すべきことばではないだろうか。

どんなに貧しく、つつましい花であっても自分の育てた根から出たものには、流行の切り花とは違った価値がある。それこそ本当の〝ライフワーク〟である。学者でなくても、芸術家でなくても、あらゆる人にライフワークは可能である。しかし、現実に日本では「ここにライフワークあり」といえる仕事をした人はごくわずかしかいない。若い時は意気天を衝く勢いだが、すこし齢をとって管理職にでもつくともういけない。首脳部になるといよいよダメになる。ところが、ヨーロッパにおけるライフワークは、文字通り生涯の仕事であって、晩年になって初めて開花、結実する。この差は、自分自身の花か借りものか、根のついた花かという点にあるように思われる。

▼ライフワークの花を咲かせるために

人生全体から見れば、自由な時間は、小学校に入るまでと定年などで仕事から退いた後の時代ということになる。つまり、人生の初めと終わりに自由時間があり、真中に仕事がある。ことに最近は、平均寿命が長くなって、定年後にはいつまでも暮れない薄暮のように時間が延々と続くことになった。

自由時間というと、いまの人は週休二日をどう過ごすかのことだと考えやすいが、人生として問題なのは、むしろ三十年近くは続く〝薄暮〟のほうであろう。

いままでは、はじめにいっぺん充電したバッテリーを使い切るまで突っ走るという形で、仕事をしてきた。しかし、これからの社会では、絶えずバッテリーを充電するか、他日に備えてスペアをもっていないと、危険なことになるのである。いま勤めている会社に万一のことがあったら、スペアを使って生き抜かなければならない。それは単に保険の意味ではない。自分の生きがいとして、人生の豊かさにつながる。

毎週末の、あるいは毎日の自由時間は、こうした精神的な貯金をつくり、生涯の自由時間にライフワークの花を咲かせるために使いたい。

そのために何をなすべきか。具体的な問題に触れる余裕はないから、ここでは〝カクテルと地酒〟の比喩で考えることにする。

▼アマチュアほど知的創造に適している

バーテンダーはさまざまな酒をまぜてシェーカーを振れば、カクテルをつくることができる。これを飲んだ人は酔っ払うから、彼は酒をつくったような錯覚を抱くかもしれない。しかし、じつは一滴の酒もつくってはいないのである。

酒でないものから酒をつくった時、初めて酒をつくったといえる。ただし、その過程で失敗すれば、甘酒にもならないかもしれない。酒になる保証はないが、とにかく酒づくりを志す。発酵したらかかりにドブロクでもいい、地酒ができれば、それは本当の酒をつくったことになる。

初めから、銘酒と呼ばれるものができることはない。しかし、どんな銘酒ももとをただせば誰かがこしらえた地酒だったのだ。多くの人が公認したから銘酒になったわけで、最初から銘酒があるわけではない。

われわれは、地酒をつくることを忘れて、カクテルに熱中し、カクテル文化にうき身をやつして、齢をとった。そしていま、自分の努力によってではなく、思いもかけない社会的の事情によって、自由時間を持つことになった。

ここでまた、人々はジンをどうするか、ウイスキーは何がいいか、と言い、バーテンダーの真似を始めるのであるか。もちろん、カクテルをつくってくれる人も必要だが、それで、酒をつくったような錯覚を持ってはならない。原料がすべてそろったとしても、酒は一日にしてできるものではない。〝ねかす〟、発酵のための時間が必要だ。朝から晩まで酒のことばかり考えて、一日に三度も桶の中をつついたりしたら、かえって酒にはならない。

この〝ねかす〟期間は、多忙な仕事時間だと思う。身過ぎ世過ぎの仕事に追われて、しばし、酒づくりのことを忘れるのは、むしろ、いいことといわねばならない。ふっとわれにかえって、ああ、自分には酒が仕込んであったのだと気づく。すると胸が浮くような思いをする。家路に急ぐ。こういう生活こそ自分の地酒をつくる基盤である。

いまのようにこの専門化された社会で、素人に何ができるか。プロの道は厳しい。アマチュアがときどき暇をみてはやる程度ではろくなものができるわけがない……という反論があるかもしれない。しかし、アマチュアこそ知的創造に適しているとも言えるように思われる。素人は大胆に知的冒険を試みることができる。

アメリカでは、セレンディピティ（serendipity）ということばがよく使われる。日本ではあまり知られていないし、訳語もないが〝あてにしない偶然の発見〟とでも訳すればいい。

これは十八世紀にできた人造語で、セレンディプというのはセイロン、いまのスリランカのことだ。そのセイロンに三人の王子がいて、探そうとするものは出てこないのに、探しもしない珍宝をうまく発見するという童話が起源である。イギリスの作家ホレス・ウォルポールの造語である。たとえば、書斎でペンを探していると、どうしても見つからなかった消しゴムが出てくるとか、行方不明の大事な葉書が出てくるとかいうのも小さなセレンディピティだ。

何か目標を立てて、それを達成することも大切だが、予期せざる発見にも捨てがたい魅力がある。セレンディピティの発見は、アマチュアが自由時間に生み出す創造の可能性を教えてくれている。

▼毎日の生活に小刻みな「出家的心境」を

人生八十年として、十歳から四十歳が往路、四十歳から八十歳が復路である。その中間地点がマラソンでいう折り返し点だ。

これを一日単位にすると、昼の間が往路、夕方帰宅してからが復路である。いずれにしても、前半は進み、後半は戻る。

ところが、勤めをもつ人の多くは、帰ってきても、前に進むことしか考えない。前進だけがこれ人生と思っている。これではいつまでたっても、マラソンのゴールに入れない。

折り返し点を回ってからは、これまでとは反対のほうに走ることが前進になる。若い人とすれちがって、どうしてそんなほうへ走るのかと聞かれたら、「いや、ゴールはこっちなんだ」というだけの自信がなければ、人生のマラソンはない。

昔の人は、出家という形でみずから折り返し点をつくった。妻子を捨て、職業を捨て、髪を剃って仏門に入るということは、いかに生きるかという考え方から、いかに死ぬかという考え方に転じることだ。ところが、歴史上、そういう人がしばしばライフワークを完成している。

いまのサラリーマンにとって、定年が折り返し点にあたるのだろうが、それでは少し遅すぎるような気がする。定年では、帰ってくるに遠すぎる。やはり、みずからの決意によって、出家的折り返し点をつくる必要があろう。それだけではなく、毎日の生活にも、小刻みな「出家的心境」を持つようにする。それが自由時間の活かし方だ。

定年という他発的条件を折り返し点とし、その後を〝余生〟と考える人がなお少なくない。しかし、われわれのマラソンには、余生などというものは、あってはいけない。出家的とは、決して勝負を投げるのではない。最後の最後まで、ゴールめざして完走するのが、超俗的で真の人生である。

▼〝盤上ことごとくわが地なり〟

もし人生が百メートル競走なら、スタートにおける五メートルの遅れは、決定的なつまずきになろう。だが、人生をマラソンと考えるならば、出足の遅速など問題にならない。マラソンのスタートでトップに立ったからといって、その人が優勝すると予想するだろうか。

学校時代の成績などは、マラソンでいえばトラックの最初の一周くらいの順位である。ところが、われわれはややもすると、人生を短距離競走のように考えて、〝初めよければ終わりよし〟とばかり、スタートの順位に一生ものを言わせるようなことをしがちだ。

どんな秀才でも、うっかりして折り返し点を通り過ぎて、どんどん先へ走って行けば、走れば走るほどゴールから遠ざかってしまう。エリートと呼ばれる人にかえってライフワークが乏しく、むしろ何度か挫折した人が自分の折り返し点を発見して、晩年をすばらしく充実した人生にするという実例は、いくらでもある。

自由時間を上手に使うというのは、やれゴルフだやれマージャンだと、ぎっしりつまったスケジュールをこなすことではない。まず、何もしないでボーッとする時間をもつことだ。充実した無為の時間をつくることである。

これがやってみると、意外に難しい。たいていの人は、空白な時間を怖れる。よほど強い個性でないと、ぼんやりしていることもできないのである。本を読むのも結構だが、読まないのもまた、きわめて大切な勉強である。週に一度は、家族から離れて一人になってみるのもいい。

自分だけの空白な時間をつくることは、長い目で見れば、いちばんの精神的な肥料になる。自分でつちかった球根が芽をふき、葉を伸ばしたあと、どれだけ大きな花を咲かせるかは、過去にどの程度、充実した空白があったか、無為があったかにかかっている。

空白の時間の中から、自分の知的関心をそそるものを探し出して、自由な時間の中で伸ばして行く。それは当面の仕事となるべく関連の少ないものがいい。囲碁にたとえるなら、石と石の間をぐっと離して、一見、関連のないような布石にする。

やがて、人生の収穫期に達したとき、離れたように見えた石と石とが、おのずからつながって〝盤上ことごとくわが地なり〟という終局を迎えることができる。これが、ライフワークである。

ライフワークの思考

▼なぜライフワークが育ちにくいか

ライフワークということばは、簡単に使われているが、あたりを見まわして、なるほど、ここにライフワークがある、というような仕事は案外少ない。このことばを気軽に口にすることより、これを人生において実現することにもっと努力すべきではないか。

日本の文化はだいたいにおいて若年文化。若い時には華々しくても、少し成齢をとるとまたたく間にダメになってしまう。日本の音楽家は十代のときには国際コンクールで優勝したりするほど水準が高いのだが、二十代ではだいぶあやしくなり、三十代になると元気がなくなる。

四十代になってカネをとれる音楽家は暁天の星のごときもの。十代の天才がどうしてそうなるのか。音楽とはそういうものなのかと思っていると、外国から足もとが心もとないようなおじいさんがやってきて、聴衆をうならせる。日本の音楽家はなぜあんなにはやく老いてしまうのか、ライフワークというものはないのか、といったことを考えさせられる。

音楽家だけではない。学校の教師でも、会社員にしても同じであって、若い時には意気天を衝くごとき勢いがあるのに、いくつになっても一向に円熟しない。――そういうことがどうして起こるのか？　もっと人生を長く生きることはできないのか？

そもそも勉強が足りないのではないか、と考える。本を読むのもだいたい三十歳どまり。それを過ぎるとめっきり本を読まなくなる。四十を越すと読んでいる本はハウツー本くらい。だいたいはテレビと週刊誌と新聞で間に合わせている。知的に早く老けるのは当然だと思われる。

もう一つ、ライフワークが育ちにくい理由に、明治以後の日本の文化が翻訳文化という特性をもっていることが挙げられる。前の章でものべたが、翻訳文化の社会では、文化の花はいつも海の彼方に咲いている。その花を切りとって持ってくる。しかし、この花には根がないから、短い花の命はすぐ散ってしまう。あわててまた、つぎの外国の新しい花を切ってくることになる。そんなふうに明治から百年の間、われわれは何度となく切り花の輸入をし、それ以外にはすぐれた文化はないように思ってきた。

したがって、じっくり腰を下ろして、この一筋を貫く、といったことをやっていると、いつまでもエンジンがかかりにくいことになる。その重圧に耐え得ない人は、切り花専門に、成り上がるか、成り下がるか、せざるを得ない。

ここ百年間のわれわれの文化とは、切り花屋の、枝と葉っぱの文化であった。根がない。根のないものは年とともに大きくなるということが望めない。散ってゆく。枯れてゆく。それにひきかえ、根のあるものは一時、葉の散ることもあろうし、枝の折れることがあるかもしれないけれども、めぐり来て春になれば、再び芽ぶき、花をつけ、そして実をつける。われわれがほんとうの意味のライフワークを考えるとき、こうした背景をまず考えてみないわけにはいかないだろう。

▼カクテルはあくまでカクテル

知識の分野で、古い知識はいち早く捨て、新しい知識を吸収して、それをなるべく早く社会的な効用に結びつけていこうというプラグマティズムが、いつの間にか定着している。これは一面において日本の経済を世界的なものにまで発展させた原動力でもある。しかし、その大成長の蔭で、われわれはきわめて大事なものを忘れた。植物のようにじっと根を下ろした思考や生き方を捨ててしまったのである。

ここでまたさきの酒とカクテルのたとえになるが、今の日本人の知識やものの考え方は、だいたいにおいてカクテル式である。他人からよさそうな知識や技術を借りてくる。企業は戦後、競って外国から技術導入ということをした。そのために支払われてきた外貨は腰をぬかすほど莫大なものだ。

それは単に企業の技術だけではなく、われわれの生活のなかに入ってきている知識や知恵というものも、もとをたどってゆくと、多くは外国から借りてきたものである。自分たちの頭で考えたりつくり出したりしたのではない知識や技術を適当に混ぜあわせ、シェーカーで振って、カクテルをこしらえている。カクテルも酒なので飲めば酔いもする。それで、文化が栄えているというような錯覚を持つこともできる。けれどもカクテルはあくまでカクテルである。一生涯シェーカーを振っていても、一滴のアルコールもつくることができない。

われわれが文化とか学問とか科学技術とかいっているきわめて多くのものが、実は舶来の酒を土台にしたカクテルにほかならないケースが多い。せっかく外国からスコッチやブランデーが入ってきているのに、下手な地酒をつくるのは間尺に合わない。秀才たちはそう思い、カクテルが唯一のアルコールのように思い込んでしまう。

ところが、ほんとうの人間の生き方を考えると、他人がつくった酒をどんなに浴びるように飲んでも、ほんとうの意味で酒を知ったことにはならない。一生、研究生活をして、おびただしい本を読破したとしても、しょせん、カクテルの吟味役にすぎないのである。そういう人は、地酒の、ひょっとしたら、ドブロクや酢になってしまうかもしれないようなものをつくっている人とはちがうのである。

自分でいかにして酒をつくるか。ヨーロッパの、今までわれわれがカクテルに使った酒は、誰かがこしらえた地酒だ。それを百年間、シェーカーで振ってよろこんでいた。そして近代文化というものをこしらえた。ほとんどの人は一滴のアルコールもつくれずに、一生を終わった。そろそろこの辺で、できてもできなくても、酒をつくってみるべきだ。それに成功したとき初めて、日本は独自の文化をもって世界に相見えることができる。

自動車や工業製品はどんどん世界へ輸出されているが、われわれの頭から生み出され、人を酔わせることのできるアルコールは、残念ながら出ていない。何百年も前の芭蕉であり、能であり、桂離宮であって、われわれが古い、封建的だ、過去のものだといって否定してきたものばかりが外国に誇ることができるのは皮肉だ。

▼〝テーマが向こうからやってくる〟

ビールをつくるには麦が必要だ。どんなに醸造の経験があっても、麦がなければビールはできない。人生の酒に必要なのは経験である。この経験を本などを読んで代用したのでは、カクテル人間になってしまう。やはり、その人が毎日生きて積んだ経験というものを土台にしなければならない。そして、それに加えて、経験を超越した形而上の考え方、つまりアイデア、思考が必要である。経験と思いつきとを一緒にし、これに時間を加える。この時間なしには酒はできない。時間は酒を〝ねかせる〟ため。経験とアイデアをねかせて作用させるのだ。頭のなかにねかせておいてもよいが、この二つのことを何かに書きとめておくのが便利である。そして、時々これを取り出して、のぞいてみる。のぞいてみて、何も匂ってこなければ、まだ発酵していない。何となく胸をつかれる思いをしたり、何か新しい思いつきに向かって頭が動き出す、―そういうことがあれば、そろそろ時を得て、酒が目を覚ましつつあるということである。人によって一年とか数カ月とか、発酵時間もさまざまに違う。

ケネディ大統領の経済特別顧問をしていたロストという人が経済学の論文を書いた。その始めに〝私はこの論文のテーマをハーバードの学生のときに思いついた。それ以来二十年間、私はこのテーマを忘れることがなかった。今やっとその問題に最終的な形を与えることができるような確信を得た〟といって、たいへんすぐれた論文を書いた。この人が発酵に要した時間は二十年であったわけだ。

フランスのバルザックという小説家が、作品を書くときのテーマについて、やはり同じようなことを考えていたらしい。テーマになりそうな経験、思いつきを書き並べてねかせておく。ときどき様子をみるうちに、期が熟してくる。それをバルザックは〝テーマが向こうからやって来る〟と言っている。発酵したテーマは、こちらが何もしないでも、テーマのほうから働きかけてくるというわけだ。

テーマはねかせたまま忘れてしまってよい。そして、いくら忘れようとしても、どうしても忘れきれないもの、それが、その人にとってほんとうに大事なものだ。そういったものをもとにして思考を伸ばしてゆけば、酒になる。その酒は、カクテルのように口あたりはよくないかもしれない。

しかし、これは酒でないものからつくった酒で、酒を寄せ集めたカクテルとはちがう。そのまま腐ってしまうカクテルではなく、年とともにコクの増す、芳醇なものなのだ。ほんとうの歴史をつくる力とは、こうしてできた本物の酒なのであって、借りものでできるようなものではない。

▼人生における往路と復路

昔の人は出家ということをした。自らの意志によって今までの価値観全部捨てて、それまでの価値観からすれば無にひとしいものに自分の残りの人生を賭ける。そういう決意だ。現在においてはそういうことをするのはなかなか困難であるけれど、なおかつ、出家的心境にたつということは不可能ではない。たとえば、あるとき豁然として栄達の心を捨てるとか、あるいは新しい価値観に目覚めるとか。

出家は、人生をマラソンのレースにたとえると、折り返し点である。これまでの日本の文化は、折り返し点を持たずにマラソンを走っているみたいである。ライフワークを考えるのに、人生にも、マラソンと同じく折り返し点を設けたい。われわれの一生の歩みを、仮に平均寿命から八十年として、最初の十年間は物心がついていないので切り捨て、十歳から四十歳までと、四十歳から八十歳まで。これがマラソンでいう往路と復路である。

たしかに前へ走ることは進歩だ。だが、折り返し点ではそれまでの価値観をひっくり返して、反対側に走ることが、すなわち前へ進むことになる。マラソンレースでなら小学生にもわかる理屈だが、人生のマラソンにおいては、折り返し点を過ぎたら、今までと逆の方向に走るということが、人生にとってプラスなのだという発想の転換に達するのは生やさしいことではない。

エリートが齢をとるとだんだんつまらない人になってくるのは、一筋の道を折り返しもなしに走っているからだろう。

前半の四十歳くらいまでは、なるべく個性的に、批判的に、そして自分だけの力で生きてゆくのが、その人間を伸ばす力になる。しかし折り返し点をまわった人間は、もう小さな自分は捨て、いかにして大きな常識をとり込んでゆくかを考える。ときには純粋でないものがあっても、それがコクのある酒には必要なものではないかと気がつくようになる。そういう折り返し点をできれば三十五歳から四十歳くらいまでに迎えたい。

▼〝余生〟などというものがあってはならない

東京都の小中学校長の年金の平均受給年限は二十〜三十カ月だという話をきいたことがある。つまり、定年で辞めると三年以内に亡くなっているということだ。定年は六十歳だから、平均寿命に比べて、なぜそんなに早く死んでしまうのか不思議だが、校長さんの人生にはフィナーレの思考が欠けているからではないか。辞めたときがフィナーレだと思ってしまう。人間〝道を聴いた〟と錯覚すれば、すぐに死んでしまう。〝朝に道を聴かば、夕べに死すとも可なり〟

という。校長を辞め、これでヨシと思えば、もう生きがいがなくなってしまいやすいことを統計が物語っている。

個々の話を聞けばまた事情はちがうかもしれないが、なぜそんなに死に急ぐのか。フィナーレへの意欲、精神力に欠けては肉体も生きられないのである。精神力は肉体をも支配する。もし、それによって与えられた天寿を引き延ばすことができるなら、それをしも、真のライフワークということができる。

倒れる瞬間まで、刻々前へ向かって自分の成長と充実をめざして進んでゆくというのであれば、最後の一日があるかないかということが、その本人にとってはもちろん、社会全体にとっても大きな意味をもつはずである。このフィナーレが迫力に乏しかったように思われる。ひとつには〝身を退く〟という考え方があって、ある時期に達すると第一線の活動から引退してしまう。若い人たちに活動の世界をゆずろうというので、意味のないことではないが、個人の人生ということを考えると、この隠居、隠遁の思考というのはフィナーレというものの充実感をいちじるしく削ぐ。終わりを曖昧にする。

〝余生〟という。われわれのマラソンには、余生などというのがあってはならない。隠居を考える人生は碁や将棋でいう〝終盤の粘り〟に欠ける。もうだいたい勝負はついてしまった、と早いところで勝負を投げてしまうのが、どこか人生を達観しているようで、〝いさぎよさ〟のように捉えられているのではないか。われわれは、最後の最後まで、このレース、勝負を捨ててはいけない。

▼ライフワークとは、ひとつの奇跡、個人的奇跡である

あと何目か石を置けば、この死んでいるように見える石が生きかえるかもしれない。その石を置きそびれたために、それまでのたくさんの仕事をのたれ死にさせることがある。〝画竜点睛〟ということばがある。竜を描いて最後にその

竜に瞳を入れると、たちまちその竜は天に昇るという。われわれの人生においても、最後にそのわずか二、三の石を置くと、今まで死んでいたと思われていた石ががぜん生き返って、というすばらしい成果を挙げるかもしれないのである。

今まで死んでいたものをどうしたら生かすことができるのか、今までバラバラにやってきた自分の人生の断片を、最後へきて、どうしたら全体的な調和、ふくらみのあるものにしてゆくか？　―そのことについて、残念ながらわれわれの社会は、充分な考慮をしていない。西田幾多郎は、日本が生んだもっともすぐれた哲学的天才であろうが、京都大学を六十歳で定年になった。彼の業績のすぐれたもののほとんどは、それ以後に、まとまったのだという。

人生の常識からいえば半ばはとうに過ぎた年齢であるが、そのときになってから、自分のそれまでの学問的な仕事相互につながりを与えて、そこに「西田哲学」といわれる体系をつくりあげることに成功した。まさにヨーロッパ流のライフワークといわれる思考にかなったのである。

ライフワークとは、それまでバラバラになっていた断片につながりをつけ、ある有機的統一にもたらしてゆくひとつの奇跡、個人的奇跡にほかならない。

Part 4

島国考

島国考

▼日本の「交換思考」の欠如

どうもわれわれには交換という考えが乏しいように思われる。物の交換、貿易においても、輸出入の均衡を理想としないで、輸出超過をよしとする。輸入はなるべくすくない方がよいように考える。その夢がやっと実現しかけたと思ったら、世界中から、日本はずるいぞ、と指弾されたのである。

精神文化の交易になると、事情はまさに逆で、一方的輸入である。何でもかんでも外国のものを借りる。物の輸入に比べると、支払う費用はせいぜい書籍代くらいだから大したことはないが、入れたらお返しに何かを出そうという考えがない。

戦後、諸外国と文化交流協定が結ばれてきたが、彼のすぐれたものを採り、われの長ずるものを与える真の交流がどうも育ちにくい。交流の思考がないところに交流はありようがない。これは日本の国際的関係をたいへん悪くしている。

文化交流がその実をあげ、日本人の秀れたところがすこしでも外国で理解されるようになれば、すこしくらい電器製品の輸出が伸びたからといって〝経済動物〟よばわりされなくてすんだのである。経済動物のおえら方よ、文化交流に力を入れないといけない。

外交も交換の思考に支えられているべきものである。わが国の外交下手は伝統的なものだ。まるダダッ子外交で、相手が言うことをきいてくれなければ、ケンカでこい、とやる。とかく孤立しやすい。したがって、よけいに外交を特別なものに考え、外交官まかせにする。国民外交などというけれども、国民の外交感覚はきわめて稀薄である。外交はゲームであるという見方がまるでない。

外交が弱いから、どうしても日本人は内弁慶になる。政治、経済、文化とも鎖国的性格がつよい。つまらないメロドラマは好まれるが、本格的なドラマを賞美する伝統がないから、演劇も見るべき作品がすくないということになるのである。

ここで翻訳のことを思いついた。翻訳も交換である。現在のわが国は世界有数の翻訳国であるが、過去をふりかえってみると、翻訳はむしろ異常なくらいにすくないのである。中国文化をあれだけ受け容れているのに、翻訳がすくない。

漢文訓点読みを翻訳と見れば別だが、ほかには和讃くらいしか見当たらない。やはり、本来は翻訳の不得手な民族なのであろう。いまでも、外国語が下手で、いくら時間をかけても上達しない。業を煮やして、やめてしまえと思っている人たちもいるらしい。交換の思考はますます後退するであろう。

日本の国内ではたいへんすぐれていると認められる人が国際場裡ではとんでもないしくじりをする。これは自己のベスト記録も出せないで敗退するスポーツ選手たちだけでなく、おせじのつもりでいったひと言によって政治生命を危うくした政治家もあれば、記者会見の答え方がまずくてとんでもないニュースを書かれて大あわてした文豪もいる。個人がわるいのではなくて、そういう国民に育てた環境に根源があるというべきであろう。交換思考の欠如をもたらせている根本の事情はいったい何か。

▼島国——心理的に不安定な特性

日本が島国であることはいうまでもないことであるが、島国がどういうものであるかについて、われわれは、日頃、ほとんど考えることがない。しかし、国の形式として島というのはやはり、きわめて特殊である。陸つづきの外国をもっていない地理条件は、純粋、潔癖、孤立などの特性を助長するが、何よりの特色は外国、ならびに外国人に対する過敏さであろう。外国が気になるから、無闇に外国のものをとり入れたり、模倣するかと思うと、一転して、外国のものを拒否する排外思想がはびこって鎖国的になったりする。外国ということに関しては、振幅が大きい。言いかえると心理的に不安定である。

島国には鎖国への傾斜がある。日本は長期間にわたる鎖国を実施した歴史をもっており、鎖国が文化的精神的にとどまらず、政治、経済的にも及ぶことを実証している。そして、この鎖国がとにかく、国内的にも国際的にも平和を保障してきたのは注目すべきである。日本が島国に徹していた間、日本はほとんど戦争を経験しないですんだのに、明治以来、国を開いて「知識を世界に求め」るようになってから、くりかえしくりかえし戦争を行ったのは皮肉である。

日本と似た島国であるイギリスは、形式的な鎖国こそしなかったものの、目に見えない鎖国をしてきているといってよい。イギリスの歴史や文学史を見ても、大陸諸国からの影響を受けたとか、外国から移植したとかいう記述はほぼまったくお目にかからない。イギリスの歴史や文化はすべて、イギリス人の手によってのみ成ったもののように書かれている。

逆に、これはカントに影響を与えたとか、ボルテールに影響したというようなことは記されている。外国人の思想などありがたがるのは「危険」なことと感じているのではあるまいか。すくなくとも、十九世紀イギリスに完成したイギリスの歴史は文化的鎖国の性格が濃厚である。

このイギリスの島国的感覚がアメリカへ渡った人たちの血の中にも流れていて、モンロー主義などという一種の鎖国政策をうち立てることになったのかもしれない。

島国の文化には〝島国形式〟ともいうべきものがみられるように思われる。いま、これを、文学と言語を中心に、すこし考えてみることにする。

▼英語はすこしも論理的ではない

言語についていうと、島国形式は、長期間、流動のすくない、しかも、外部から侵入してくる異分子のほとんどない社会において発達する特質としてあらわれる。コンパクトな言語社会はいわば通人の集団であるから、野暮はうとんじられる。文法と論理に風化作用が働いて、省略性や飛躍の多い言語形式が承認される。日本人は日本語が論理的でないといってたいへん恐縮してきたが、これは島国形式として、必然的なものである。日本語に論理がないのではない、島国言語の論理は大陸言語の論理と違うだけのことである。

日本人は西欧の言語はすべて論理的のように考えるが、英語などはすこしも論理的ではない。イギリス人自身、われわれは論理がきらいだと広言してはばからない。同じゲルマン語族に属して、いわばイトコ関係にあるドイツ語と比較してみても、はるかに論理性がはっきりしにくくなっている。文法において、格の変化にしても英語ではほとんど風化してしまっているが、ドイツ語では厳存している。

日本語は英語以上に島国言語であって、現在の言語学の研究では、どこの言語に由来したものかということすらはっきりしない。したがって、日本語の語源は大部分が明らかでない。やはり島国言語だからであろう。われわれは大陸言語の比較言語学的方法によって解明された言語学の概念をそのまま日本語に適用することの正当さをよく考えてみる必要があろう。

▼島国言語と短詩型文学

日本文法は言語における島国形成の研究が行われた上でないと、しっかりしたものにならない。ラテン文法をやきなおした英文法をお手本にして書かれた日本文法がいまもなお尾をひいているのは、困ったことである。

文学の方面についていうと、まず、短詩型文学の発達がある。島国では通人が読者であるから、くだくだ説明するのは、うるさいと感じられる。理に堕するものは月並みである。なくてもわかる部分を削りおとすところに日本の詩学の原理がある。読者を相手にして、説得したり、議論したりする必要はない。作者は心のうちを独白的に、詠歎的に投げ出せばよい。

こういう詩学が作用するところでは、何千、何百行という長大詩篇はもちろん、数十行の詩も存在しにくい。純を求めて、小さなものへ、小さなものへと向かい、短歌が生まれ、さらに、発句が生まれる。こういう短詩型文学において、日本は世界に冠たる伝統をもっているが、これは文学における島国形式であるということができる。

それにひきかえ、演劇性に欠けるのも、文学の島国形式の特色である。ことばのやりとりにおける美を、近い距離の微妙なニュアンスに求めようとしている人々の心には、対立した立場にある人間同士の断絶を越えて行われる、対話をたのしむ余裕がない。

外国の映画を見ていて、さわりのところで、画面の人物が演説調の議論をしたり、はげしい応酬をはじめると、われわれには、ひどく退屈に感じられるのであるが、これも、ドラマの感覚がちがうことを示している。われわれにとってのドラマは、義理と人情の板ばさみになって苦悩する人間の心の歌である。

ひとりひとりが独立独歩、わが道を往くということも、ときにないではないが、何かというと、類をもって集まる。それが大きくなると文壇のような特殊社会をこしらえて、容易には余人を入れないようになる。お互いを意識して仕事をするところから流行の隆替もはげしい。万事が小粒に、ぴりりと辛いのが好みに合うのである。

しかし、考えてみると、いたずらに徒党を組み、流行をおこしているのでもあるまい。社会の中で、文芸というような虚の世界を守って行くには同類が団結して一種のシマのようなものをこしらえるのが賢明であるのかもしれない。人間がひとりひとりシマのようなものであるが、ひとりでは自足的でない。同質的集団が社会生活の単位になる。

▼島国形式とルネッサンス

ルネッサンス文化の特質をここにいう島国形式であったとしても決して誤りではないと思われる。中世ヨーロッパの同質文化、ローマ教会の統一的世界が、ルネッサンスによって崩壊し、教会も分裂し、政治組織も各国ごとの独立性を高める。文化的、政治的にいくつかのシマができ上がった。

言語もラテン語の共用ということから各国語の使用に切りかえられた。人間の思考も統合より分析に走るようになった。科学者と宗教家と詩人がひとりの人間に同居することは困難になって、専門家が文化の中心をなすに至る。

こういう文化のエネルギーについては、たとえば、イギリスのT・S・エリオットが〝感受性の崩壊〟というようなことばで、その否定的な面に着目した例がないわけではないが、大方は肯定され、是認されて、それがルネッサンス文化だと考えられている。

島国形式がルネッサンス文化の構造を規制したとするならば、地理的にも島国であったイギリスがもっとも恵まれていることは明らかなことである。ヨーロッパの片田舎に位置しており、ルネッサンスの波及も大陸より百年はおくれたイギリスが、十八世紀の後半になると、逆に大陸より近代化において先んじることになり、十九世紀になると完全に世界の最先進国の地位を固めてしまう。ルネッサンス体制は島国形式に好都合に働き、したがって、イギリスが発展の機会に恵まれたことになる。明治以来、わが国の外国模倣はイギリスを主たる手本として行われてきたことは、日本の西欧化をきわめて急速なものとするのにも役立ったであろうし、島国形式をもっているが故にわれわれにとって、イギリスの文化は特別な親近感をもっていたと考えられる。

イギリスを紳士の国として尊敬しているのに、アメリカに対する違和感が根づよく続いたのは、やはり、島国文化と大陸文化に対する感じ方に原因は求められてよかろう。

われわれの国は政治、経済などで、イギリスを手本として努力してきたところがすくなくない。そして、これまでは、それが、とにかく西欧化、近代化に関するかぎり、もっともよい方法であったのである。

▼いつも外国文化の顔色をうかがっている日本

ところが、二度にわたる世界戦争を経て、ルネッサンス体制の限界がようやくはっきりしてきた。ということは、近代国家というものがあるかぎり、戦争はなくならないだろうという認識がおこったことである。十九世紀までの文化の基本が問いなおされることになった。島国形式としての近代国家への反省は国際機構の創設だけにとどまらない。より根本的に広範囲に島国形式の止揚が求められて、ヨーロッパ共同体のような組織が誕生した。

イギリスが当初、ことにフランスあたりの反対がつよくてＥＣ加盟を許されなかったということは、はなはだ象徴的である。ルネッサンスの島国形式文化の先頭をきっていたイギリスが、逆の大陸形式の組織であるＥＣの思想を理解するのに抵抗があったとしても不思議ではない。ＥＣ諸国との話し合いでは一応、加盟ときまったあとでも、イギリス国内にはつよい反対世論があって議会の批准が注目されている。〝イギリス〟の苦悩である。

日本のお師匠だったイギリスのことだから、対岸の火事視しているわけにはいかない。島国文化の命運といったものを、われわれもいやでも考えなくてはならない。

国家（ナショナル）という考えよりも国際（インターナショナル）という考えが重要視される。たえず国際会議がひらかれている。これは学問の世界にも及んで、これまで専門分野のそれぞれが、隣は何をする人ぞ式で、島国形式をもっていたのが反省されて、専門の壁をとり払ったところに、新しい研究領域を見出そうという風潮が顕著になってきた。

この境界領域研究のことをインターディシプリナリというが、わが国ではインターナショナルの国際に対して〝学際〟という訳語がようやく定着しようとしている。

日本はイギリスを手本として近代化を進めてきたとのべたが、イギリスとひとつ大きく違うのは、日本人は外国コンプレックスがつよくて、何でも外国のものを喜んでとり入れてきた。イギリス人が世界中どこへ行っても英語しか話さず、新聞は「タイムズ」しか読まぬと皮肉られたような唯我独尊の態度は薬にしたくてもできない。

自信がなくて、いつも外国文化の顔色をうかがっている。思想はすべて外来種である。こういう自主性のなさが、半面では、悪い島国根性に陥らずにすんできた理由でもある。もし、日本人が自己の文化に誇りをもち、外国語などに関心を示さず、文字通り日本の国だと思い上がるようになれば、急速にイギリスの轍をたどることになるであろう。

われわれは、島国形式が国粋主義と化合しないようにくれぐれも警戒しなくてはならない。昨今のように、世界のあちらでもこちらでも日本の評判が芳しくないとなると、そして、その余波として、経済不況が深刻にでもなるとすると、おそろしいナショナリズムが抬頭しないともかぎらない。真に国を愛するものは、そういうナショナリズムに足をとられないよう考えるべきであろう。

▼大陸形式の文化や思想を理解する必要性

明治以来、われわれは主として、イギリスを、そしてイギリスを通じて世界の先進文化に学んできた。その西欧文化が島国形式をもっていることをわれわれは意識しないできたが、現在は、いろいろな点からいって、それをつよく反省すべき時であると思われる。われわれには何となくイギリスの方がアメリカより好ましいと感じられる。だからといってイギリスがよいのだときめてしまわないで、なぜイギリスが好ましく感じられてきたかの根源をさぐらなくてはならない。

これからの日本は、いくらか抵抗があっても、大陸国に学ばなくてはいけない。島国形式に安住していては真の発展は考えられないのであるから、大陸形式に触れて新しい島国形式を創造して行くことが望ましい。

イギリスの前に日本が手本にしたのは、かつての中国で、これはまさしく大陸的国家である。日本文化はそういう中国に学んで、日本という島国の中へ移植する過程において、独自の島国文化を生み出したのである。中国がお手本であったことは偶然とはいえ、幸福であった。

これからの時代において、われわれは、大陸形式をもった文化から積極的に学んで行かなくてはならない。すなわち、アメリカであり、ソ連であり、中国である。これらの諸国がいずれも現在の国際情勢を左右する国々でありながら、相互に深い対立を示しているのはなかなかおもしろいことである。

そして、さらに、日本人の多くの人たちが、これらの三国のそれぞれに対してかなりつよいアレルギーをもっていることも、同じくらいに興味ある事実である。しかし、そういう現実にもかかわらず、あえて感情を殺してでも、これら大陸形式の文化や思想をもった国々を理解しようという努力をすることが、われわれの未来のために必要である。

円の切り上げや円高などは、むしろ、経済力が国際的に評価されたものとして喜ぶくらいの度胸がほしい。こういう経済条件は当然、日本語の国際流通力を強化するものである、というような議論がどこにもあらわれないのは、われわれが、島国的、あまりにも島国的な井戸の中にいることを物語っている。

（追記　本篇は一九八三年の作品で、「ソ連」等、現代にはそぐわない表記になっている箇所があることをお断りする）

「三十年たっても……」――あとがきにかえて

大学紛争のまっただ中だったころ。

ある日、学校へ行ってみると、校門にピケを張って、モノモノしい学生が通せん坊をしている。

かまわず入構しようとすると、数名の学生がとりかこんで、わめき出した。見ると、私の担任の学生がいるから気が楽になった。

「どこかで仕入れてきた〝思想〟をふりまわして恥しくないのか。もっとも、三十年しても、同じことを叫んでいたら、半分はキミたちの思想として認めてやってもいい…」

それから四十年たって、その学生のいるクラスが会をして、私も招かれたから出席した。ピケの学生が人並みに初老の紳士になっているのを眺めていると、立ち上がってとんでもないことを言う。

「ワレワレもあまり勉強しなかったが、先生たちにはもっとしっかり教えてほしかった」

教師などなるものではない。

そう思って、その後、あれこれ書き散らしてきた。

書くことは自分の考えである。

借りもの、盗んだことを書くのは不徳である。そう考えたから、とてもロクなことは言えない。

本にしてやろうというところがあらわれたから、出版。もちろん、読んでくれる人は多くない。しかし、しばらくすると、別のところから、出したいという話。それをもう一度、くり返したのが、この本である。はじめから四十年近くなっている。学生に向かって「三十年たっても…」と言ったことばを乗り越えたと思えば、いくらかおもしろくないこともない。

〝おとなの思考〟は五十年くらいしないと定まらない。なんとなくそんな風に考えてきたから、四十年ではまだ短い。しかし、三十年よりは長い。

そんな風に考えて、この本を世に送ることにした。この間、いくらかでも進歩したところがあるような気がして、Ｐａｒｔ１に新稿を入れた。

外山滋比古

本書は旺文社文庫『ライフワークの思想』（一九八三年一月刊）を大幅に加筆・再構成、Part1「大人の思想」の章の内、「ことばとこころ」以外は「大人の思想」刊行に際し書き下ろした。今回は「思想」を「思考」に一部修正して再構成している。

【著者紹介】

外山滋比古（とやま しげひこ）

1923 年愛知県生まれ。英文学者、文学博士、評論家、エッセイスト。東 京文理科大学英文学科卒業後、同大学特別研修生修了。51（昭和 26）年より、雑誌「英語青年」編集長となる。その後、東京教育大学助教授、お茶の水女子大学教授を務め、89（平成元）年、同大名誉教授。専門の英文学に始まり、思考、日本語論の分野で活躍を続け、その存在は、「知の巨匠」と称される。著書に、およそ 30 年にわたりベストセラーとして読み継がれている『思考の整理学』（筑摩書房）、『乱読のセレンディピティ』（扶桑社）をはじめ、ベストセラー多数。2020 年永眠。

装丁デザイン　横須賀拓
DTP　田端昌良（ゲラーデ舎）
本文デザイン　尾本卓弥（リベラル社）
編集人　伊藤光恵（リベラル社）
営業　津田滋春（リベラル社）
制作・営業コーディネーター　仲野進（リベラル社）

編集部　鈴木ひろみ・中村彩・安永敏史
営業部　津村卓・澤順二・廣田修・青木ちはる・竹本健志・持丸孝・坂本鈴佳

※本書は2015年に新講社より発刊した『大人の思想』を改題し、再構成し文庫化したものです

学校では教えない逆転の発想法
おとなの思考

2023年6月24日　初版発行

著　者　外山滋比古
発行者　隅田 直樹
発行所　株式会社 リベラル社
〒460-0008　名古屋市中区栄3-7-9　新鏡栄ビル8F
TEL 052-261-9101　FAX 052-261-9134　http://liberalsya.com
発　売　株式会社 星雲社（共同出版社・流通責任出版社）
〒112-0005　東京都文京区水道1-3-30
TEL 03-3868-3275
印刷・製本所　株式会社 シナノパブリッシングプレス

ISBN978-4-434-32239-6　C0195

老けない　ボケない　うつにならない
60歳から
脳を
整える
和田秀樹
ラクラク健康法で
脳を刺激すれば、
体も見た目も若返る!

精神科医が教える
ひとり老後を
幸せに
生きる
和田秀樹
・時間は自由に使える!
・何にでも挑戦できる!
・誰にも文句を言われない!
楽しい
おひとりさま
入門